Donde estén mis amigos

Donde estén mis amigos

Daniel Morales

Obra ganadora de la 7.ª edición
del Premio Feel Good™

Plataforma
Editorial

Primera edición en esta colección: noviembre de 2021

Plataforma Editorial
c/ Muntaner, 269, entlo. 1ª – 08021 Barcelona
Tel.: (+34) 93 494 79 99
www.plataformaeditorial.com
info@plataformaeditorial.com

Depósito legal: B 17002-2021
ISBN: 978-84-18927-06-5
IBIC: FA

Printed in Spain – Impreso en España

Diseño e ilustración de portada:
Ariadna Oliver

Realización de cubierta y fotocomposición:
Grafime

El papel que se ha utilizado para imprimir este libro proviene
de explotaciones forestales controladas, donde se respetan
los valores ecológicos, sociales y el desarrollo sostenible del bosque.

Impresión:
EstellaPrint

1

Mi coche había levantado una nube de polvo. La chica esperó a que el viento se la llevara y luego se acercó.

–No lo entiendo –dijo una vez que me hube apeado–. Esta carreterucha es el único modo de llegar hasta aquí, y mira cómo está. Podrían asfaltarla o hacer algo. El otro día se quedó atascada una furgoneta y tardamos más de dos horas en sacarla, y eso que éramos seis empujando.

Le echó una ojeada a los surcos que mi coche había dejado en la tierra y yo aproveché para echarle una ojeada a ella. Calculé que tendría algo menos de veinte años. El pelo negro y rizado le llegaba hasta los codos. Tenía la piel muy bronceada, y aquí y allá, en los pliegues del cuello, en los párpados, se apreciaba una fina película de sal. Debía de llevar toda la mañana en la playa.

–Me llamo Mónica –dijo–, y he venido de vacaciones. ¿Tú qué haces aquí?

Me quedé mirándola sin saber qué responder.

–A eso lo llamo yo una pregunta directa –dije.

–¿No te gustan las preguntas directas?

–¿Deberían gustarme?

–Sí, a no ser que tengas algo que ocultar –respondió.

–¿Y si tengo algo que ocultar?

Me examinó de arriba abajo.

–Buen intento –dijo–, pero no cuela. Por mucho que te pese, no das el tipo del hombre misterioso con un pasado oscuro a sus espaldas. De todas formas, nunca me fío de los que rehúyen las preguntas directas.

–Supongo que eso tendría que importarme.

–Si yo fuera tú, me importaría.

–¿Por alguna razón en especial?

–Se me ocurren unas cuantas, pero te diré solo una: acabas de llegar, vienes solo y quieres hacer amigos.

–Tiene sentido –dije.

–Por supuesto que tiene sentido. Y bien, ¿qué haces aquí?

–No estoy seguro.

–¿Estás de vacaciones?

–Sí. No exactamente.

–Hum –dijo ella–. Corrígeme si me equivoco, pero yo diría que estás hecho un lío.

Me reí. Su descaro me divertía y me intimidaba a partes iguales. Aunque no era más que una cría, era también muy linda, y eso la hacía peligrosa. No me pareció que estuviera coqueteando, pero me daba miedo que alguien nos viera y pensara que yo sí lo hacía. Tenía treinta y cinco años, estaba lejos de ser un muchachito, y aquella era una comunidad pequeña. Ser tomado por un golfo nada más llegar habría sido un comienzo poco prometedor.

–Me has calado rápido –dije abriendo el maletero–. Estoy hecho un lío. Y ahora, si me permites, voy a descargar las maletas.

–Claro que te permito, faltaría más. Me ofrecería a ayudarte, pero, entre tú y yo –dijo bajando la voz–, la gente de por aquí es muy mal pensada y podrían imaginarse cosas raras si subo contigo a tu apartamento. Por cierto, no me has dicho tu nombre.

–Nacho.

–Pues luego nos vemos, Nacho. Esto es muy pequeño –dijo mientras abarcaba con la mirada la playa y el bloque de apartamentos–, así que seguro que nos cruzamos pronto. *Ciao*!

Desapareció en dirección a la playa y yo empecé a descargar las maletas. No sabía por qué, pero tenía una sonrisa boba en los labios. No contaba con recibir una acogida como aquella. Si había alquilado un apartamento en la playa, no era porque buscara diversión o aventuras, más bien todo lo contrario. Carchuna era un pueblo feo. El mar de invernaderos que cubría la costa entera hasta Almería lo cercaba por los cuatro costados e invadía las calles, dejando apenas espacio para que prosperaran los bares, las plazas, las tiendas o cualquier cosa que pudiera animar un poco la vida local. No había un solo rincón del pueblo que no emanara un aburrimiento absoluto. Incluso la playa de arena negra invitaba a la desesperación. Sin embargo, yo había ido allí por propia iniciativa. ¿Por qué? Digamos que no estaba en mi mejor momento.

Desde hacía más de una década vivía comprometido con una idea fija: escribir un buen libro. Llegar a escribir al menos un buen libro, o dos, o tres, tantos como me permitieran mi talento o mis fuerzas. Me negaba a malgastar el tiempo en nada que no fuera escribir y leer, y el resultado había sido penoso. Las semanas y los meses se me iban en escribir relatos banales que presentaba a pequeños certámenes literarios, y, aunque trabajaba sin descanso, apenas ganaba lo suficiente para pagar el alquiler. Me nutría de arroz y de lentejas, y no renovaba mi vestuario desde que era un estudiante. Vivía como un auténtico asceta. Me levantaba a las siete de la mañana y escribía hasta las dos. Tras un almuerzo rápido descansaba veinte minutos y volvía a ponerme en marcha. Me calzaba las zapatillas, corría diez kilómetros (la literatura era una carrera de fondo y debía mantenerme en forma si no quería desfallecer), y en cuanto terminaba, nada más salir de la ducha, abría un libro y pasaba el resto de la tarde leyendo, hasta que caía rendido. Ni siquiera tenía internet en casa, y, por supuesto, no tocaba ni en broma los *smartphones*, esos aviesos funcionarios del lado oscuro cuyo único fin en la vida era arruinar mi sagrada concentración. Estaba obsesionado con no dejar escapar un solo minuto, con no perder el tiempo, y no hace falta decir que no hay mejor modo de perderlo.

Era una vida dura, pero todo comenzó a cobrar sentido cuando alcancé la gran meta, el sueño imposible de todo escritor principiante: publicar en una editorial profesional. ¡Lo había logrado! Mi primera novela había ganado un pequeño premio y vería la luz en una editorial aún más pequeña, pero a mí el tamaño no me importaba. La novela era lo bastante grande para brillar por sí sola. Después de leerla, a los lectores más selectos de mil kilómetros a la redonda se les quedaría para siempre grabado a fuego mi nombre en lo más hondo del corazón. Recogería el fruto de tantas horas de trabajo solitario y ya nada volvería a ser lo mismo.

Ni que decir tiene que las cosas no ocurrieron exactamente así. La novela cosechó elogios entre mis tías y mis primos, y creo que también mi abuela le dedicó unas palabras amables, pero, si no me fallan los cálculos, no llegaron a leerla más de cuatro personas fuera de ese selecto círculo. Para entonces ya había terminado otra, pero la experiencia me había escarmentado. Aun suponiendo que fuera una buena novela, cosa que ignoraba, y que lograra publicarla en una buena editorial, cosa que jamás sucedería, ¿qué esperaba obtener de ello? ¿El reconocimiento de cien o doscientos lectores que me animarían a seguir perseverando? No, por favor. Lo que necesitaba era escapar de la perseverancia. Mi forma de vivir la literatura, la atención enfermiza que le prestaba, me había metido en un agujero, y era absurdo pensar que conseguiría salir si excavaba con más fuerza. Debía distanciarme de ella y encontrar otra ocupación, pero por más que buscaba, ninguna me resultaba apetecible. ¿Irme a una comuna y dedicarme a plantar calabazas y a tocar el ukelele? ¿Buscarme un empleo de mierda, machacarme diez horas al día sirviendo cafés y pasarme la semana aguardando a que llegara mi día libre, el día en que por fin podría desahogarme cogiendo una brutal borrachera? Todas las opciones acudían a mi cabeza filtradas por el más negro pesimismo. La vida monacal me había secado por dentro, estaba podrido y solo veía podredumbre a mi alrededor.

Por si fuera poco, hacía ya algún tiempo que había empezado a quedarme calvo. No hay melena que resista tanta miseria. Y sí, es cierto que hay quien acepta la calvicie sin perder los nervios, pero si alguien piensa que yo soy uno de esos, es que no me conoce. Entablé una lucha desigual contra la alopecia y perdí batalla tras batalla. Recurrí a potingues variados, a suplementos vitamínicos y a alguna que otra porquería más. Me resistía a dar el paso natural en estos casos, raparme la cabeza. Pese a las evidencias, seguía empeñado en dar guerra, y no me fiaba de la leyenda urbana según la cual raparse a menudo hace que el pelo crezca más fuerte. Estaba convencido de que era justo al revés. Plantarle cara a la calvicie echar mano de potingues e incluso de peinados ridículos, era un modo de decirle al cabello que no estaba solo, que contaba con mi respaldo. Raparme, en cambio, equivalía a dar la guerra por perdida, o así al menos lo interpretaban los pelos. Solos en el campo de batalla, sintiéndose abandonados por su líder, los últimos valientes perdían toda esperanza y se esfumaban en cuestión de días. Eso era lo que yo pensaba antes de raparme, y eso fue lo que ocurrió cuando me decidí. Nada cae más rápido que el pelo de un hombre que ha asumido la calvicie. En solo una semana pasé de ser uno de esos de los que se dice que «tienen poco pelo» a convertirme en un calvo de pleno derecho.

El cambio, con todo, no fue tan doloroso como había temido. Al contrario, no podría haber tomado una decisión mejor. Dejé de buscar remedios, dejé de preocuparme y gané confianza en mí mismo. (Desde aquí os animo, calvos del mundo, a seguir mi ejemplo: no hagáis más el ridículo y rapaos la cabeza.) El problema de la alopecia despareció, pero el otro, el verdadero, seguía intacto. ¿Qué hacer con mi vida? Recuerdo que en aquellas fechas anoté en mi diario: «Lo peor que podría pasarme ahora mismo sería ganar de pronto diez mil euros. Con diez mil euros en el banco ya no tendría excusa para no vivir como me diera la gana, me vería obligado a hacer algo y descubriría que estoy tan jodido que no hay nada en el mundo que me guste hacer».

Pocos días después recibí una llamada. Unos meses atrás había presentado mi nueva novela a un concurso, y ahora me comunicaban que había ganado. Y no eran diez mil euros, eran veinte mil. Mis peores temores se cumplían. ¡Era rico! ¿Qué hacer? Llevaba más de diez años viviendo en Granada. Me había establecido allí porque los alquileres eran baratos y porque no estaba demasiado lejos, ni demasiado cerca, de mi Málaga natal. Sin embargo, nada me ataba a la ciudad, apenas había hecho amigos y no me había echado novia, y si bien carecía de motivos para irme a ningún sitio en concreto, sí los tenía para largarme de allí: estábamos a principios de julio y los veranos en Granada eran abrasadores. Decidí buscar en la costa un clima más suave.

Era temporada alta y los destinos turísticos más demandados tenían los precios por las nubes. Además, no me apetecía verme obligado a divertirme frenéticamente las veinticuatro horas del día, tal como uno debía hacer en esos sitios para no desentonar. En lugar de hacer una reserva en un hotel y coger un avión, compré un Renault Clio de segunda mano y, huyendo de las masificadas costas de Málaga y de Cádiz, conduje hacia el este, en dirección a Almería. Dejé atrás las concurridas playas de Motril y Torrenueva, y, al llegar a Carchuna, pensé que no había ninguna razón para no quedarme allí. Conservaba un poco de cordura, no mucha, pero sí la suficiente para comprender que estaba llevando las cosas demasiado lejos. En mi precario estado de ánimo era peligroso enclaustrarme en aquel secarral asolado por los invernaderos. Habría sido mucho más sensato sacudirme la autocompasión y tratar de divertirme ahora que al fin tenía medios. Pero, no sé, supongo que la cordura no bastaba para compensar lo que quiera que estuviera averiado dentro de mí, y no me costó convencerme de que aquel lugar no estaba tan mal. A las afueras del pueblo, aislada por un mar de invernaderos, había una bonita playa, La Chucha, al final de la cual se erguía un pequeño bloque de viviendas aún más aislado. Una larga fila de acantilados lo flanqueaba por un lado y un cañaveral silvestre por el otro, y no tenía más acceso que un infame carril de tierra. De uno de los balcones colgaba un cartel con un número de teléfono. Llamé. El precio del apartamento, muy inferior al de las viviendas vacacionales de otros pueblos más turísticos, me pareció razonable, de modo que lo alquilé por un mes. Si una vez transcurrido ese periodo me apetecía seguir allí, renovaría el contrato, y, si no, buscaría otro destino. Viajar sin esperanza tenía esa ventaja. Eras libre. También eras un pobre infeliz, pero creo que de eso ya he hablado bastante.

2

Mientras sacaba las maletas del coche le eché un vistazo a la playa. La arena, de un gris oscuro, casi negro, estaba compuesta por piedras de todas las formas y tamaños. Extender una toalla sobre ellas y tumbarse a tomar el sol debía de ser cualquier cosa menos divertido; esa era tal vez una de las razones por las que la playa estaba tan despejada. Había grupitos esparcidos de bañistas, pero entre unos y otros mediaban amplios tramos vacíos, algo impensable en pleno julio en cualquiera de las playas de los alrededores. La plaga del turismo había pasado de largo por allí. El agua estaba limpia, el aire también, y no había chiringuitos vomitando en la arena domingueros borrachos.

Lo cierto era que el lugar pintaba mejor de lo que me había parecido en un principio. Aún me duraba la sonrisa boba que Mónica había puesto en mis labios, me sentía optimista y todo lo que veía me gustaba, incluido el panorama que ofrecía mi balcón. Dos pisos más abajo estaba la piscina, azul, rodeada de césped verde. Y unos metros más allá, lamiendo el muro del jardín, daba comienzo la playa. Una deliciosa brisa marina llegaba hasta mi terraza. Cerré los ojos e inspiré con fuerza, agarrado a la barandilla, y entonces oí un ruido a mi derecha. Giré el cuello. Un hombre de unos sesenta y tantos años me observaba desde el balcón contiguo. Llevaba una barba blanca de varios días y sostenía entre los dedos un cigarro encendido.

–¿Fumas? –dijo ofreciéndome un paquete de tabaco de liar.

–No, gracias.

–Haces bien. –Le dio una calada al cigarro–. Me llamo Jacinto.

–Nacho. Encantado.

–¿Has venido de vacaciones?

–Algo así.

–Yo soy el encargado de todo esto. Si se te rompe algo, avísame. La ducha, el váter, lo que sea. No soy lo que se dice un manitas y raro será que lo sepa arreglar, pero se supone que tengo que intentarlo antes de llamar al fontanero.

Dio una nueva calada. Mientras lo hacía le entró humo en los ojos y rompió a toser. El cigarro escapó de sus dedos, rebotó en su pecho y franqueó la barandilla del balcón. Aterrizó dos pisos más abajo, en la piscina.

–Ups –dijo–, ahí va un cigarro. ¿Tienes pensado bañarte hoy en la piscina?

–Creo que optaré por la playa.

–Buena elección. –Se sacudió la camiseta, que estaba llena de ceniza–. En fin –dijo–, tengo cosas que hacer. Disfruta de tu primer día en La Chucha.

Despareció tras el muro que separaba su balcón del mío.

Yo entré en mi apartamento, me puse el bañador y bajé a la playa.

No fue fácil clavar el palo de la sombrilla en la arena. Lo hundiera donde lo hundiese topaba con un pedrusco a pocos centímetros de la superficie, y bastaba con que una mosca pasara batiendo las alas para que la sombrilla saliera volando. Hasta tres veces tuve que echar a correr tras ella. Tardé casi una hora en construir unos cimientos más o menos sólidos a base de pedruscos, arena y conchas, y, aunque el resultado distaba de ser profesional, lo di por bueno. Hacía calor, sudaba a chorros y me sentía observado por los pocos bañistas que había en los alrededores.

Me encaminé a la orilla. Un buen chapuzón me ayudaría a relajarme, o eso pensaba yo. Al entrar en el agua comprendí que aquella maldita playa no iba a ponerme las cosas fáciles. Bajo la superficie, las piedras parecían dientes masticados. Por algún motivo, las olas y las mareas no solo no las habían pulido, sino que las habían afilado hasta convertirlas en sofisticadas sierras poliédricas. A cada paso se me clavaban en las plantas de los pies, y me hacían contorsionarme y dar saltitos. Con mucho esfuerzo logré avanzar medio metro, y una vez que el agua me llegó a las rodillas me enfrenté a una difícil decisión. O ponía fin al tormento lanzándome de cabeza, arriesgándome a partirme la crisma contra una piedra, o afrontaba la no menos tortuosa tarea de volver sobre mis pasos. Fui sensato. Regresé a la toalla y me puse las chanclas. Aquellos pedruscos se habían equivocado si pensaban que me intimidarían tan fácilmente. Entré de nuevo en el agua pisando firme, aplastando las cabezas de las piedras, cuyos malévolos filos nada podían hacer contra las gruesas suelas de plástico. Fue mi primera gran victoria en La Chucha.

El agua estaba muy fría, tal como a mí me gustaba. Nadé un poco, brinqué aquí y allá como una nutria torpe, y cuando regresé a la orilla era un hombre nuevo. Eran las once, tenía horas y horas por delante para no hacer nada. Por primera vez en años, pensaba pasar todo el día sin escribir ni una línea. Me sentía capaz de hacer *tabula rasa* y regresar a los orígenes, a los viejos y buenos tiempos en que aún sabía disfrutar de la vida y de la literatura. Tomar el sol, nadar, leer, lo que me apeteciera cuando me apeteciera, sin tratar de convertir la lectura en material de escritura. Eso era todo lo que pensaba hacer mientras me quedara un euro en el banco.

Me senté en la toalla, bajo la inestable sombrilla. Luego me tumbé y cerré los ojos, y al cabo de unos minutos escuché ruido de pasos. Era Mónica, la chica que me había recibido unas horas atrás.

–Veo que has construido un auténtico castillo –dijo mientras examinaba la fortificación que había levantado alrededor de la sombrilla–. Se nota que has trabajado a fondo.

–Gracias.

–Era ironía, pero de nada. Sabes que esto es una chapuza, ¿verdad? –Pulsó suavemente con el dedo índice el palo de la sombrilla–. Seguro que sale volando si soplo.

–Por si acaso, no soples.

–¿Estás solo? –preguntó.

–Sí, ¿y tú?

–Con mi madre. Estamos allí. –Hizo visera con una mano y señaló a lo lejos con la otra. A unos cincuenta metros vi a una mujer recostada sobre una toalla. Su rostro estaba orientado hacia nosotros, pero llevaba una pamela y gafas de sol, de modo que no era fácil saber si nos observaba–. Me has hecho pasar un buen rato –dijo Mónica–. Verte corretear detrás de la sombrilla es lo mejor que me ha pasado desde que estoy aquí. Pensé en venir a ayudarte, pero no quería herir tu orgullo.

–Eres muy considerada.

–Lo sé. ¿Puedo sentarme?

Yo volví a mirar a su madre. Aunque la distancia me impedía apreciar sus facciones, no parecía tener más de cuarenta años, lo que significaba que su hija debía de ser muy joven. ¿Dieciocho? ¿Diecisiete? Mónica era tan alta como yo, pero apenas tenía pecho, y tanto su delgadez como sus rasgos eran los de una adolescente.

–Sí, claro, siéntate –dije mientras le hacía un hueco y me deslizaba hacia el otro extremo de la toalla, casi hasta el borde. Cuanta más distancia hubiera entre mi piel y su piel, mejor.

–Oye –dijo una vez que se hubo sentado–, si en algún momento te molesta algo de lo que digo, dímelo sin rodeos, ¿vale?

–¿Por qué iba a molestarme?

–No todo el mundo tiene el mismo sentido del humor. A mí me gusta pinchar a la gente, con mis amigas lo hago todo el rato y ellas conmigo también. Lo hacemos en plan broma, pero con los desconocidos hay que tener más cuidado, no vaya a ser que se enfaden.

–No te preocupes, este desconocido no se enfada así como así.

–Pues entonces prepárate. Te espera una buena. –Alargó una pierna y empezó a mover las piedras con el pie–. Lo que pasa es que me muero de asco –dijo–. Se supone que vamos a pasar aquí todo el verano, pero llevamos solo seis días y ya no puedo más. En este sitio no hay nada que hacer, nada de nada. No me entra en la cabeza que alguien venga a un sitio como este por gusto. Yo estoy obligada, mi madre es la que manda. Tú...

Dejó la frase incompleta.

–¿Yo qué?

–¿Qué haces aquí? Antes no quisiste decírmelo.

–Tomo el sol –dije, y cerré los ojos y levanté el rostro al cielo.

–¿Y aparte de eso?

–De momento, nada más.

–Vale, lo capto. Demasiadas preguntas. –Guardó silencio durante unos segundos–. ¿Sabes qué? Me aburro. –Y se levantó de un salto–. Más te vale ser más simpático la próxima vez que te vea. Aquí solo hay viejos y niños. En dos días estarás muerto de asco, y entonces te acordarás de mí y te arrepentirás de no haber querido ser mi amigo. Por cierto –dijo mientras comenzaba a alejarse–, tienes que mojar la arena.

–¿Qué?

–La sombrilla. Si no mojas la arena, la base no tendrá consistencia y a la mínima saldrá volando.

Había pronunciado las últimas palabras casi a gritos para hacerse oír mientras se alejaba. Yo miré la base de la sombrilla y luego la miré a ella, que ya me había dado la espalda. No sabía qué pensar. Me halagaba que intentara entablar amistad conmigo. «Aquí solo hay viejos y niños…» ¿Significaba eso que a sus ojos yo no era un viejo? En el bloque de apartamentos me había cruzado con un par de matrimonios, y aunque ambos arrastraban tras de sí a uno o dos niños y a una o dos suegras, no debían de ser mucho mayores que yo. ¿Tan distinto me veía de ellos? ¿O era el hecho de estar solo, sin hijos ni familia, lo que me hacía parecer más accesible? Fuera como fuese, Mónica había vuelto a ponerme una sonrisa boba en los labios. Hablar con ella me levantaba el ánimo, pero debía ser prudente. Por muy halagado que me sintiera, tenía treinta y cinco años y ella debía de rondar los dieciocho, y esa clase de amistades suscitaban murmuraciones. Dirigí de nuevo la vista hacia su toalla. Mónica, de pie, hablaba con su madre. En cierto momento se giró y me señaló. Yo me apresuré a apartar la mirada.

3

Mónica tenía razón. En aquel lugar no había mucho que hacer. Leí un rato, me di un baño y volví a leer otro rato, hasta que me cansé de leer y de bañarme. Miré el reloj. Eran las doce. Todo hacía pensar que sería un día largo.

Por suerte tenía una tarea pendiente que me ayudaría a matar un par de horas. En el apartamento la despensa estaba vacía, debía hacer la compra. Conduje hasta el pueblo en busca de un supermercado, y tras dar vueltas en vano durante quince minutos le pedí ayuda a una vecina que estaba fregando la acera en la puerta de su casa. Me explicó que tendría que desplazarme a Motril si lo que buscaba era un verdadero supermercado, aunque, añadió, si se trataba de una emergencia, podía encontrar algunos productos de primera necesidad en lo de Sebastiana. Le pedí orientación. Me acompañó hasta una casa situada al final de la calle.

No había letrero ni ningún otro signo que diera a entender que se trataba de una tienda. Nos abrió una mujer muy vieja, muy pequeña, encogida y arqueada como un anacardo.

–Sebastiana –dijo mi acompañante–, le traigo a un cliente.

La anciana se echó a un lado para dejarme entrar y la mujer que me había acompañado se machó.

La sala estaba en penumbra. Un anciano tan pequeñito y arrugado como Sebastiana dormitaba en el sofá, frente a la tele encendida.

–Buenas tardes –dije.

En lugar de contestar, él volvió el rostro hacia mí y me miró en silencio, respirando muy despacio.

–Ahí –dijo Sebastiana señalando una habitación. Alargué el cuello y vislumbré el interior oscuro. Después me giré de nuevo hacia el anciano, que seguía con la vista clavada en mí. Los reflejos azulados de la tele encendían y apagaban su rostro. Respiraba tan ruidosa y pesadamente como si estuviera dormido. Sebastiana me apremió–. Pase, pase –dijo.

Entré en la habitación. Ella encendió la luz y se quedó en el umbral.

El cuarto estaba lleno de estantes, la mayoría vacíos. Solo aquí y allá había algunos productos aislados, latas de conserva, botellas de refresco, café, azúcar. Las latas estaban descoloridas y parecían llevar siglos allí. Cogí una de albóndigas con guisantes y traté de localizar la fecha de caducidad, pero lo único que encontré fue una mancha negruzca en la tapa. Probé con una de lentejas a la riojana, y lo mismo. Solo después de examinar cinco latas comprendí lo que ocurría. Sebastiana borraba las fechas de caducidad. Usaba alcohol o algún otro producto para emborronarlas. Era inaudito. Le abría la puerta a un desconocido y le vendía productos caducados sin el menor disimulo. ¿Era una práctica habitual en aquellos pueblos dejados de la mano de Dios? ¿Había entrado sin darme cuenta en la España profunda, un país sin ley, brutal como el salvaje Oeste, donde los forasteros estaban a merced de los autóctonos?

–¿Se decide? –volvió a apremiarme Sebastiana.

Yo tenía en la mano una lata de albóndigas con guisantes. Si hubiera sido más hombre, la habría estampado en el suelo y le habría dicho que le vendiera productos caducados a su madre, pero lo que hice fue preguntarle el precio y pagar sin rechistar.

Ya en casa, abrí la lata y examiné el contenido. Lo olí, lo removí, incluso lo palpé con los dedos. No tenía buen aspecto, pero ¿cuándo habían tenido buen aspecto las albóndigas enlatadas? Las calenté en el microondas y salí a comérmelas a la terraza. Todavía estuve un rato examinándolas, y cuando reuní valor y me metí media albóndiga en la boca, apareció en el balcón de al lado mi vecino, Jacinto.

–Esas albóndigas no serán de Sebastiana, ¿verdad? –Dejé de masticar en el acto. Retuve la albóndiga en la boca, sin atreverme a escupirla ni a tragármela–. Tranquilo, no creo que te maten. Lo peor que puede pasarte es que esta noche tengas que ir al baño más veces de lo normal. Seis o siete veces más, para ser exactos. –Yo aún tenía la comida en la boca y empezaba a sentir náuseas–. No, en serio –dijo Jacinto–, trágatela, que no te va a pasar nada. Pero, por si acaso, yo no recurriría a Sebastiana a menos que sea una emergencia.

Me tragué la media albóndiga.

–Tienes el ojo entrenado –dije–. Las has reconocido a la primera.

–Esas albóndigas con guisantes son inconfundibles. Además, no eres el primero que paga la novatada. De cada diez inquilinos que pasan por aquí, nueve recurren tarde o temprano a las albóndigas de Sebastiana. –Jacinto había liado un cigarro mientras hablaba. Lo encendió. El viento arrastró el humo hacia mi terraza–. Perdona –dijo–, te estoy dando el almuerzo. Por si no tuvieras bastante con las albóndigas, ahora llego yo y te echo el humo en la cara.

Hizo ademán de aplastar el cigarro contra la barandilla.

–No lo apagues –dije–. No me molesta.

–¿Seguro?

–Seguro. Con suerte me entrará un poco de humo en la boca y me ayudará a matar el sabor de las albóndigas.

Él le dio otra calada al cigarro. Alzó la vista y contempló la playa, los cañaverales y los invernaderos.

–¿Qué te parece este sitio? –preguntó.

–Es bonito.

–Querrás decir aburrido.

–Puede. Todavía no lo sé. Solo llevo aquí unas horas y no me ha dado tiempo a aburrirme.

–Tienes suerte. A la mayoría les basta con unos minutos.

–Será cuestión de carácter –dije.

–De imaginación –me corrigió él–. Es cuestión de imaginación. –Miró al frente, a la playa. Una pareja tomaba el sol en silencio mientras su hijo correteaba por los alrededores. Otra caminaba abatida hacia el coche, arrastrando la sombrilla y los bolsos como si viniera de perder una guerra–. Míralos –dijo Jacinto–. Me juego lo que sea a que la próxima vez que abran la boca será para decir algo por el estilo de: «Qué cansancio, no puedo con mi cuerpo. Nada cansa más que un día de playa». ¿De verdad cansa tanto la playa? Qué va a cansar. Los que se cansan son ellos, y lo hacen por la sencilla razón de que no saben cómo llenar el tiempo. Aquí hay que usar la imaginación para encontrar distracciones, y ellos de imaginación no andan sobrados. En la ciudad no la necesitan. El día se les va en coger un autobús, coger otro, subir y bajar de ascensores, hacer cola en la farmacia y en el supermercado, porque hay que ver cómo se pone el supermercado a mediodía, normal, todos salimos a la misma hora del trabajo y cuándo vamos a ir si no. El tiempo pasa y cuando te quieres dar cuenta es la una de la noche, no puedes con tu alma y estás en el sofá intentando mantener los ojos abiertos para ver el final de *Operación Triunfo*. Todos se quejan de lo agobiante que es la vida en la ciudad, pero luego llegan las vacaciones y se plantan en La Chucha, un lugar tranquilo, alejado del mundanal ruido, y en menos de media hora están que se suben por las paredes. No saben qué hacer. Miran el móvil, lo sueltan, lo vuelven a mirar. ¿Solo han pasado cinco minutos? Uf, sí que va lento esto. ¿Cómo no va a ir lento? Para que el tiempo pase deprisa hay que hacer cosas y ellos no hacen nada. Se quedan ahí tostándose al sol con los ojos cerrados, y cuando están al borde de la insolación, dicen: «¿Vamos a la piscina? Sí, buena idea, vamos a la piscina». Y emprenden ilusionados el camino de regreso.

Su vida vuelve a tener una meta, ir a la piscina, pero una vez allí hacen lo mismo que en la playa, o sea, nada, y al cabo de quince minutos se rinden a la evidencia, asumen que el tiempo libre les viene grande y empiezan a beber como locos para tratar de olvidar lo sosos que son.

Mientras Jacinto hablaba, yo le daba vueltas en la boca a una albóndiga, tratando de separar con la lengua un trozo de algo duro y elástico que había surgido de las profundidades de la carne picada. ¿Un pedazo de cartílago? Al fin conseguí arrinconarlo entre dos muelas. Me llevé una servilleta a la boca y lo extraje disimuladamente, y una vez que lo tuve entre los dedos reprimí las ganas de examinarlo. No quería que Jacinto pensara que no le prestaba atención. Me resultaba simpático. Su verborrea se parecía a la que yo mismo padecía cuando, tras largos períodos de aislamiento, conocía a alguien que me despertaba interés. Era la enfermedad de los solitarios, la diarrea verbal, una explosión incontrolable que nos hacía soltar de golpe todo lo que habíamos rumiado en silencio durante semanas o meses. Le eché una ojeada. Unas horas atrás me había dicho que era el encargado de la urbanización. ¿Significaba eso que residía allí permanentemente? Si era así, y si, tal como me decía mi instinto, vivía solo, debía de ser un auténtico ermitaño, y no era de extrañar que albergara ideas tan poco favorables sobre sus semejantes. Tampoco era de extrañar que yo mismo, con la clase de vida que llevaba, albergara ideas parecidas. ¿Era sensato entablar amistad con él? No. Rotundamente. Mi propia naturaleza ya era lo bastante huraña, y en lugar de buscar la amistad de espíritus afines, lo que debía hacer era echarme amigos alegres, quizá una novia un poco loca, huir hacia la luz.

–Uña –dijo Jacinto.

–¿Qué?

–Mi teoría es que eso que acabas de sacarte de la boca es uña. Hay quien dice que es cartílago, otros piensan que es plástico o hueso. Yo he examinado distintas muestras y juraría que es uña. Humana. –Observé el fragmento blanquecino que tenía en la mano y escupí en el plato los restos de comida que conservaba en la boca–. Como te decía –añadió Jacinto–, las albóndigas de Sebastiana no te matarán, pero yo no recurriría a ellas más que en caso de emergencia.

Solté el tenedor en el plato. Se me había pasado el hambre.

–Esta mañana me dijiste que eres el encargado de todo esto –dije.

–Sí.

–¿Pasas aquí todo el año?

–Afirmativo –contestó.

–¿Y no te aburres?

–Como un muerto. Todo eso que decía antes, que si la gente no tiene imaginación, que si son unos sosos, era pura charlatanería. Me gusta criticar a los demás porque soy un viejo cascarrabias, pero a aburrido no me gana nadie. Sobre todo en invierno. En verano estoy ocupado, los inquilinos no paran de darme trabajo, pero en invierno se va todo el mundo y La Chucha se convierte en una playa fantasma, el escenario perfecto para volverse loco.

–Debe de ser duro.

–Lo es.

–Creo que yo no podría soportarlo –dije.

–A la larga te acostumbras.

–Supongo que tienes alguna afición, algo que te ayude a pasar el tiempo.

–Soy taxidermista. Colecciono animales disecados.

–¿En serio?

–Sí, y por las noches sorprendo a los inquilinos en la ducha y los acuchillo.

Lo miré.

–Eso ha sido raro –dije.

–Lo siento, no quería asustarte.

–No me has asustado, pero yo que tú no iría por ahí diciéndole esas cosas a cualquiera.

–Procuraré recordarlo.

Lo miré de nuevo.

–Solo una cosa –dije–, para quedarme del todo tranquilo. Lo de la taxidermia también era broma, ¿verdad?

Jacinto se rio.

–Claro que sí. Mis aficiones, por el momento, son más normales. Me gusta leer, y antiguamente escalaba. Todavía salgo a hacer el cabra de vez en cuando, aunque me temo que el tiempo de las grandes gestas ya pasó para mí.

–A mí también me interesa la escalada –dije–. Siempre he querido aprender. El año pasado estuve pensando en apuntarme a un rocódromo, pero al final no lo hice.

–¿Por qué?

–No sabía si le dedicaría el tiempo necesario, o más bien sabía que no se lo dedicaría. Además, andaba regular de dinero, y el material no es barato.

–Pues estás de suerte –dijo Jacinto–, yo tengo de sobra. Pies de gato, mosquetones, cuerdas, de todo. Luego te preparo una bolsa.

–Eres muy amable, pero no hace falta. En realidad ya no es cuestión de dinero, eso solo que…

–Te lo llevas y punto. Tengo cuatro pares de pies de gato y solo uso uno. No tiene sentido que se queden cogiendo moho en el armario. Ven esta noche a cenar y te regalo algunas cosas.

Me lo pensé. ¿Qué era lo que me retenía? El año anterior, más que el dinero, lo que me había frenado era mi obsesión enfermiza con la literatura. Aprender a escalar no era como salir cada día a correr unos kilómetros; exigía verdadera dedicación y yo era incapaz de ofrecérsela. La literatura era una novia dominante. Si pasaba cinco minutos sin tener noticias mías, empezaba a llamarme y a mandarme mensajitos preguntando dónde me había metido. Pero eso era el año anterior. Ahora las cosas habían cambiado. Estaba soltero y me venía de maravilla echar una canita al aire.

–Vale –dije–. Si tienes todo ese material y no lo usas, me lo quedo, pero no puedo dejar que me lo regales. Te lo compro.

–¿Estás loco? Ya te he dicho que tengo de sobra. Ven esta noche, te prepararé albóndigas con guisantes. Creo que me queda alguna lata en la despensa.

–Suena irresistible.

–Y prometo no acuchillarte cuando vayas al baño.

–Te agradecería –dije– que no volvieras a usar esa palabra. Acuchillar. No sé si te das cuenta, pero te cambia la voz cuando la pronuncias.

–¿De verdad?

–Sí. Es muy siniestro.

–Perdona, ya no lo hago más. Te espero esta noche entonces. Soy un pésimo cocinero, pero después de probar las albóndigas de Sebastiana, mi pollo en salsa te sabrá a gloria.

4

Quedamos en reunirnos en su apartamento a las nueve, lo que significaba que tenía seis largas horas por delante. Me puse en marcha. Debía mantenerme activo si no quería que las vacaciones tomaran una mala dinámica. Conduje hasta Salobreña y visité su famoso castillo, luego di un paseo por las calles de Motril, y finalmente hice la compra semanal en el Alcampo. Estaba decidido a matar el tiempo a toda costa, pero, tal como era de esperar, cuanto más trataba de acortarlo más se alargaba. No habían pasado ni dos horas y ya estaba de vuelta en La Chucha, con toda la tarde por delante y sin nada que hacer. Repetí una vez más el gesto que llevaba camino de convertirse en el más recurrente del verano: salí al balcón y me quedé de pie, apoyado en la barandilla, mirando la playa y el mar. El panorama era idéntico al de hacía unas horas: agua, arena, piedras, los acantilados a mi derecha, y alguna que otra figura humana tostándose al sol o dormitando bajo la sombrilla. Aquel lugar no ofrecía muchas alternativas. Cogí yo también mi sombrilla y salí del apartamento.

Nada más cerrar la puerta, al enfilar el pasillo que conducía a las escaleras, vi una figura que caminaba en mi dirección. No tardé en reconocerla. Era la madre de Mónica. Llevaba un pareo de gasa tras el cual se adivinaba un cuerpo atlético, esbelto, firme, maravillosamente proporcionado. En la distancia y en la penumbra del pasillo pensé: «Quizá después de todo no sea Mónica la belleza de la familia». Sin embargo, cuando estuvimos lo suficientemente cerca pude apreciar su rostro, que acusaba un desgaste mucho mayor que el resto de su cuerpo. Debía de tener algo más de cuarenta años y era evidente que había sido una beldad, pero su piel ya no brillaba como lo había hecho en el pasado, y aunque conservaba una figura estupenda, resultaba imposible no comparar su gastada belleza con la de su hija, que estaba en todo su esplendor. Con cierta presunción pensé que ella debía de saberlo y que debía de resultarle doloroso. Para las madres, se me ocurrió, y lo mismo valía para los padres con hijos varones, ser testigos de la plenitud intelectual, laboral y personal de sus hijas era la mayor de las dichas. Serlo de su plenitud física, la mayor humillación.

Cuando nos cruzamos hizo un breve gesto de asentimiento con la cabeza, queriendo dar a entender, me pareció, que me había reconocido, o sea, que había reconocido al tipo que tanto y tan sospechosamente había intimado con su hija. Yo le devolví el saludo y los dos seguimos caminando.

La oí llamar a una puerta a mi espalda. La puerta se abrió y ella dijo:

–Estoy harta.

–¿Ha vuelto a darte problemas? –Era la voz de Jacinto.

–¿Problemas? ¿Quieres saber lo que ha hecho? Esta mañana, cuando salí a la terraza...

A medida que me alejaba me resultaba más difícil captar sus palabras. Me apetecía detenerme en el pasillo a escuchar la historia, pero habría sido una grosería, de modo que en vez de detenerme en el pasillo lo hice en el rellano. Allí las escaleras me resguardaban, pero por desgracia no lograba oír más que un eco lejano de la conversación. Me resigné. Me quedaría sin conocer la historia.

Recorrí la playa despacio, como un zahorí, en busca de un lecho lo bastante blando para clavar sin dificultad la sombrilla, pero hube de conformarme con un trozo de tierra dura y llena de piedras. Traté de ablandarla usando diversas técnicas, la rastrillé, la removí, incluso imité el método que, según había visto en un documental, usaba el zorro ártico para cazar ratones bajo la helada superficie de la tundra: una vez que localizaba un punto donde la arena parecía vulnerable, empuñaba el palo de la sombrilla, daba un salto y lo clavaba en el suelo con todas mis fuerzas. Llevaba veinte minutos haciendo el ridículo y seguía sin lograr que la sombrilla se mantuviera erguida. Ya empezaba a claudicar cuando apareció Mónica.

–Así no lo conseguirás nunca –dijo–. Observa y aprende.

Comenzó a moverse de un lado a otro a toda velocidad. Saltó hacia la orilla, removió los pedruscos, extrajo un puñado de arena húmeda y regresó corriendo. Mezcló la arena húmeda con arena seca y reforzó el mejunje con conchas y piedras pequeñas. Repitió la operación varias veces, y en pocos minutos hubo construido una estructura sólida alrededor del palo de la sombrilla.

–*Voilà* –dijo.

–Impresionante.

–Lo vi en un vídeo de YouTube. La clave está en la arena. No puede estar demasiado húmeda ni demasiado seca. Hay que pillarle el punto.

–Tú desde luego se lo has pillado.

–Al principio me costó, pero seis días en este sitio dan para mucho. La verdad es que me sale incluso mejor que al chico de YouTube. A lo mejor me animo y subo mi propio vídeo. Podrías grabarme tú.

–¿Yo?

–Ayer se lo propuse a mi madre, pero no puso muy buena cara. Creo que en realidad lo que no le gusta es que suba a internet un vídeo mío en bikini. La pobre es un poco antigua. –No dije nada. ¿Qué podía decir? Si respondía que el recelo de su madre me parecía comprensible, ella pensaría que también yo era un poco antiguo, y si me ofrecía a grabarla, podía meterme en un buen lío. Una vez más, Mónica me ponía en una situación incómoda–. Lo malo es que siempre me pongo perdida de arena –dijo. Y era cierto, se había puesto perdida–. Espera un segundo, vuelvo enseguida.

Corrió hacia la orilla y se metió en el agua. No llevaba chanclas, pero eso no le impidió avanzar con decisión sobre las piedras. Recordé la grotesca escena que yo había protagonizado por la mañana al tratar de entrar en el agua sin chanclas, y pensé que quizás Mónica me había visto y que ahora hacía aquello para humillarme.

Un minuto más tarde salió del agua, caminando entre las piedras con idéntica decisión.

–¿Cómo has hecho eso? –pregunté.

–¿El qué?

–La orilla está llena de piedras. Yo intenté entrar sin chanclas esta mañana y me destrocé los pies.

–Sí, te vi. No te voy a engañar, fue patético. Pero no te preocupes, no eres el primero. Les pasa a todos. Lo mejor es cuando os ponéis a menear los brazos. Yo lo llamo *el bailecito*.

–¿A ti no te molestan las piedras? ¿Tienes los pies de hierro o algo así?

–Supongo. No lo sé. O sea, claro que me molestan, pero no demasiado. Será que tengo los pies de hierro, como tú has dicho.

Hubo un silencio.

–Hace un rato –dije–, cuando venía para acá, me crucé con tu madre.

–¿Sí?

–Parecía mosqueada.

–¿Cómo lo sabes?

–Llamó a la puerta del encargado…

–Jacinto –dijo Mónica.

–Eso. Llamó a la puerta de Jacinto y empezó a protestar por algo.

–El perro.

–¿El perro?

–Sí –me explicó–, el perro de una vecina, que nos está haciendo la vida imposible.

Esperé a que añadiera algo más, pero no lo hizo.

–No quiero meterme donde no me llaman –dije–. Si no puedes contármelo, no hay problema.

–Claro que puedo contártelo.

–¿Y por qué no lo haces?

–Quería darle un poco de intriga. Las cosas saben mejor cuando nos hacen esperar, ¿no te parece? Verás, nuestro apartamento está en la planta baja. La terraza da directamente al jardín trasero, que es comunitario, pero no hay valla ni nada que separe la terraza del jardín. Eso no sería un problema si cada uno respetara el espacio de los demás, pero, ¡sorpresa!, hay gente que no respeta nada. Hace unos días llegó una nueva vecina, y resulta que tiene un perrazo enorme. Uno gris con una cabeza así de grande, seguramente lo has visto desde tu ventana.

–No, mi apartamento da al otro jardín, el de la piscina.

–Pues es un pedazo de animal. Y la dueña, que es una vieja loca, lo deja todo el día suelto en el jardín. Eso ya está mal de por sí, porque un perro como ese, aunque no sea agresivo, no puede andar por ahí suelto, pero es que para colmo se va cagando por todas partes y a la vieja le da igual. El jardín es un campo de minas, y no son minas pequeñas. Si te despistas, hundes el pie y te pringas hasta el tobillo. Por no hablar del olor. Como te puedes imaginar, el patio huele a flores del campo. Y lo peor de todo es que si dejas la puerta abierta, se te mete en casa. Mi madre ha intentado hablar de todas las maneras posibles con la vieja, pero esa mujer no está bien de la cabeza. Es una especie de fanática de los animales y dice que su perro es tan libre como ella de moverse por donde quiera. Yo creo que está loca, y no sé si puede llegar a ser peligrosa. A veces se me queda mirando con una cara de maníaca que da miedo. El caso es que ya no sabemos qué hacer. Mi madre se ha quejado a Jacinto y él ha intentado convencer a la vieja de que controle al perro, pero no hay manera. Hace un rato nos encontramos con que había meado en las toallas que teníamos tendidas en la terraza, y es por eso por lo que mi madre estaba tan cabreada.

–Normal, yo también lo estaría.

–Se me acaba de ocurrir que podrías echarnos una mano. A lo mejor a ti te hace caso. Podrías hacerle una visita a la vieja y meterle miedo.

–¿Yo?

Mónica se rio.

–¡Menuda cara has puesto! Tranquilo. Me estaba quedando contigo.

Traté de recuperarme.

–Si estáis muy desesperadas –dije fingiendo aplomo–, podría intentarlo. Dices que el perro no es peligroso, ¿verdad?

–He dicho que no es agresivo, no que no sea peligroso. Es un perrazo gigantesco, y por muy pacífico que parezca no creo que sea buena idea cabrearlo. Al hijo de la vieja tampoco me gustaría verlo enfadado.

–¿Tiene un hijo?

–Sí, puede que te hayas cruzado con él. Es uno que va por ahí en camiseta de tirantes. Lleva un cadenote de oro en el cuello y tiene un coche tuneado. –Sentí que las mejillas me ardían, y a continuación las sentí heladas. Mi piel debía de estar experimentando interesantes variaciones cromáticas, como la de las sepias. Aquella chica terminaría metiéndome en problemas–. Mira que eres inocente –dijo–. ¡Me estoy quedando otra vez contigo! La vieja está sola, lo del hijo me lo he inventado. De todas formas, no te preocupes, que no hablaba en serio. Solo quería ver qué cara ponías.

Vimos a su madre caminar hacia nosotros desde el bloque de apartamentos. Llevaba una pamela cuya ancha ala le ocultaba el rostro. El delicado pareo que cubría su torso, acariciado por la brisa del mar, se ceñía a su cuerpo como una segunda piel. Por un instante la vi tal como debía de haber sido veinte años atrás. El pelo menos rizado que el de su hija, la piel un poco menos bronceada, la misma espléndida figura.

Se detuvo ante nosotros. Yo estaba sentado en un extremo de la toalla, bajo la sombrilla, y Mónica se había sentado en el otro, al sol.

–¿Qué te ha dicho? –preguntó Mónica.

–Lo de siempre. Que «hará lo que esté en sus manos», que «hablará con ella». O sea, nada. –Respiró hondo–. Hola –dijo dirigiéndose a mí.

–Hola. –Permanecimos unos segundos en silencio–. ¿Quieres sentarte? –le pregunté, y di una palmada en el centro de la toalla, en el hueco que había entre Mónica y yo. Ella miró a su hija y después me miró a mí.

–Bueno, solo un ratito. –Se sentó–. Me llamo Carmen.

–Yo soy Nacho. O Ignacio, como prefieras.

Nada más pronunciar la segunda frase me arrepentí. Hasta hacía unos años, jamás se me habría ocurrido añadir aquella coletilla al presentarme. Yo era Nacho, sin más, todo el mundo me llamaba así y así era como me gustaba que me llamaran. Era cierto que en los últimos tiempos había usado varias veces la dichosa fórmula, «Nacho, o Ignacio, como prefieras», pero nunca lo hacía a menos que se dieran dos condiciones: que la otra persona tuviera una edad respetable y que la ocasión requiriera formalidad. Con Mónica no había sentido necesidad de hacerlo y con Jacinto tampoco, pese a que era mucho mayor que Carmen. ¿Por qué con ella sí? ¿Me había puesto nervioso? ¿Me sentía examinado? Fuera como fuese, presentarme de aquel modo era casi un insulto, y no me cupo la menor duda de que ella lo entendió así. Levantó el ala de la pamela y me echó un rápido vistazo. Luego se quitó el pareo y se quedó en bikini, igual que Mónica.

–Encantada, Nacho –dijo–. No sé si Mónica te ha hablado del problema que tenemos con la vecina.

–Sí, me ha puesto al día.

–Se lo he explicado todo –le dijo Mónica a su madre–. Y también le he pedido que nos eche una mano. Seguro que la vieja se acobarda si nos presentamos acompañadas de un hombretón como él.

–No le hagas caso –me dijo Carmen–. Se divierte poniendo a la gente en situaciones comprometidas, pero no habla en serio.

–Eso también se lo he explicado –dijo Mónica–. Pero ¿te cuento un secreto? –añadió dirigiéndose a mí–. En realidad sí que hablo un poquito en serio. Mi madre tiene carácter, no digo yo que no, pero esa vieja está a otro nivel. Si lo intentaras tú, a lo mejor podrías…

–Mónica, ya –la interrumpió Carmen.

–Yo solo digo que no se perdería nada por probar.

–*Tú* no perderías nada. Él perdería su tiempo y pasaría un mal rato.

–Mamá, por Dios, no es para tanto. Siempre tienes que llevar las cosas al extremo.

–No creo que haya llevado nada al extremo –dijo Carmen.

–Siempre tienes que ponerle pegas a todo lo que digo.

–Sugerir que dejemos a Nacho tranquilo no es poner pegas.

–¿No? –dijo Mónica

–No. Es ser razonable.

–Ah, vale, es eso. No me había dado cuenta, perdona.

Carmen pasó por alto el sarcasmo.

–No puedes pedirle que vaya a hablar con esa mujer –dijo.

–¿Por qué no?

–Porque es *nuestro* problema, no el suyo. ¿Qué tiene él que ver con todo esto?

–¡Es mi amigo!

Ofuscada por las réplicas de su madre, Mónica se había dejado llevar por el deseo de ganar la discusión y había terminado abandonando su habitual tono irónico. Me dio la impresión de que aquella última frase era, de todas las que le había oído decir, la primera que no había sido estudiada para producir un efecto. Desde que la conocía se había esforzado en construirse un personaje sofisticado, ingenioso, mordaz y lleno de alegre insolencia, y ahora, por primera vez, asomaba un pedacito de sí misma tras el brillante envoltorio, o eso al menos me pareció a mí. Me inspiró una ternura infinita.

–No me costaría nada ir a hablar con ella –dije–. No creo que la convenza, pero puedo intentarlo.

No contestaron. Mónica miraba enfurruñada la arena. Tenía los labios apretados y los ojos brillantes. ¿Estaba a punto de llorar? ¿Era posible? De pronto cayó sobre mí todo el peso de la evidencia. Era una niña. ¡Era solo una niña! Sentí deseos de abrazarla.

Se levantó, muy seria.

–Estábamos divirtiéndonos –le gritó a su madre–, y tú lo has estropeado.

Y se marchó corriendo.

Carmen suspiró.

–Está en una edad difícil –dijo cuando Mónica se hubo alejado.

–Sí.

–Aunque, en realidad, ¿quién no lo está?

–Amén –contesté.

–Yo, a su edad –dijo–, era igual que ella, o eso creo. La verdad es que ya no lo sé. Pensaba que me acordaba perfectamente de cómo me sentía en aquella época, pero cada vez lo tengo menos claro. ¿A ti no te pasa?

–No estoy seguro.

–Si tuvieras hijos, lo estarías. Son como una vocecilla en el cogote que te recuerda todo el tiempo quién eres. No sé si me entiendes.

–Creo que no –dije.

–Hasta hace nada pensaba que seguía siendo casi una adolescente. Por fuera no, por supuesto, ahí estaba el espejo para recordármelo, pero por dentro sentía que no había cambiado mucho, y creía que, llegado el momento, sabría entender a mi hija cuando llegara a *mi* edad, o sea, a la adolescencia. Pero luego Mónica creció y empezó a hacer cosas que me parecían totalmente absurdas, y me di cuenta de que había un abismo entre ella y yo, no solo por fuera, sino también por dentro. No sabía cuándo ni cómo había ocurrido, pero había dejado de ser joven, y mi hija era la encargada de hacérmelo saber.

–Que no seas una adolescente –dije–, no quiere decir que no seas todavía joven.

–Gracias por lo de *todavía.*

–Quiero decir…

–No te preocupes, es broma. A mí también me gusta poner a la gente en situaciones comprometidas. Y sí, tienes razón, claro que soy joven, pero hay una enorme diferencia entre ser joven a los cuarenta y tres y serlo a los catorce. –Me quedé de piedra. ¿Mónica tenía catorce años? Yo ya había asumido que era más joven de lo que parecía, pero no esperaba que lo fuera tanto. Carmen sonrió con malicia–. Sí –dijo–, mi hija tiene catorce años. Parece mayor, ¿verdad?

–Todas las chicas de hoy lo parecen –dije tratando de aparentar indiferencia–. Las chicas y los chicos.

Ella asintió y se levantó de la toalla. Ahora que la tenía ante mí, de pie y en bikini, pude comprobar que su cuerpo era aún más espectacular de lo que me había parecido al principio. No le faltaba ni le sobraba un solo gramo de grasa, y todo estaba exactamente donde debía estar. Estuve tentado de preguntarle qué deporte practicaba, pero opté por la prudencia.

–No te molesto más –dijo. Hizo ademán de irse, pero se detuvo–. Verás, Nacho, mi hija... –Noté que se esforzaba en encontrar las palabras adecuadas–. Se aburre. Aquí no hay chicos de su edad y necesita distracciones. Y como ya has comprobado, tiene un sentido del humor peculiar. Además, aunque en el fondo es muy inocente, también es... es... muy guapa, y eso lo empeora todo. Lo que quiero decir es que puedes estar tranquilo. Esta mañana, cuando vino a sentarse en tu toalla, me buscaste con la mirada como queriendo asegurarte de que no se me pasaban ideas raras por la cabeza, y es comprensible. Una madre que conociera menos a su hija podría hacerse una idea equivocada, pero yo no. Pareces buen chaval y te permito ser su amigo. Eso sí –añadió señalándome con el dedo índice–, ni se te ocurra tocarla. Si me entero de que os veis a escondidas, te arranco los ojos.

En público y a la vista de todos, así es como deben ser vuestros encuentros. Estás avisado.

Lo dijo con sorna, pero me pareció sensato responder en tono formal y cortar de raíz cualquier equívoco.

–Descuida –dije–, yo soy el primer interesado en que no haya malentendidos.

–Buen chico. En fin, te dejo. Voy a ver si consigo reconciliarme con esa locuela. Si necesitas cualquier cosa, nuestro apartamento es el bajo A.

–El mío, el segundo C.

La vi alejarse.

Saqué un libro de la mochila, pero al cabo de media hora comenzó a hacer frío. El sol se ponía en La Chucha una hora antes que en cualquier otro sitio de los alrededores. Los acantilados que flanqueaban la cara oeste de la playa lo ocultaban cuando aún estaba relativamente alto en el cielo. Una línea de sombra barrió la arena y una brisa húmeda se levantó del mar. En los pueblos cercanos, los turistas todavía disfrutaban del penúltimo baño. En La Chucha era hora de marcharse.

Recogí mis cosas, pero no me dirigí directamente a mi apartamento. La frustración de Mónica y de Carmen al hablarme de su vecina había despertado en mí el instinto del macho protector. Decidí hacerles una visita a la vieja y a su perro.

La única forma de acceder al patio trasero era desde el interior del recinto, abriendo una pequeña verja que lo comunicaba con el de la piscina. Sin embargo, adentrarme en el patio suponía exponerme a un enfrentamiento directo, y esa no era mi especialidad. Yo no era un soldado de primera línea, sino de retaguardia, así que en lugar de internarme en terreno enemigo opté por circundar el recinto, emboscarme tras los setos que bordeaban el patio y observar la escena desde el exterior. El jardín estaba en calma. No parecía haber signos de vida, pero el apretado tamiz de hojas y ramitas me impedía apreciarlo con claridad. Hurgué en el seto con las manos, abrí un pequeño espacio e introduje la cabeza, y de pronto se abalanzó sobre mí una bestia parda, grande como un oso. La furia asesina impregnaba sus ojos de sangre y sus fauces mostraban afilados colmillos. Aquel monstruo estaba llamado a habitar mis pesadillas durante décadas, pero por suerte el seto resistió sus embates y le impidió devorarme.

–¿Quién anda ahí? –dijo una voz desde el interior del patio. El ataque del perro me había aturdido. Estaba paralizado de terror y al oír la voz sentí el impulso de salir corriendo, pero el pequeño resto de amor propio que me quedaba me impidió caer tan bajo–. ¿Quién anda ahí? –repitió la voz mientras se acercaba al seto.

Era una mujer de unos setenta años, no mucho más alta que el perro, aunque su corta estatura quedaba compensada por la forma en que mantenía la espalda erguida y por la firmeza con que plantaba los pies en el suelo. El cabello, de un blanco amarillento, crecía salvaje alrededor de su cabeza, como el de Medusa.

–Ya me voy –dije–. Solo estaba dando una vuelta. Quería ver los alrededores.

–Estabas espiando.

–¿Qué?

–Estabas espiando a través del seto.

–De eso nada.

–Te he visto, estabas espiando. Voy a llamar a la policía.

–Estupendo –dije tratando de ganar aplomo–. Vivo aquí, en la segunda planta. Ande, llame. Les contaré lo que ha ocurrido: que estaba dando una vuelta y que su perro me ha atacado.

–Mariano no te ha hecho nada.

–Pero lo ha intentado. Si no llega a ser por el seto...

–Tonterías. Mariano no le haría daño a una mosca.

Mariano, el perro, se había tumbado en el suelo, a su lado. Su vientre se inflaba y se desinflaba muy despacio con cada respiración. Su oreja izquierda se movía cuando la anciana alzaba la voz, pero el resto del cuerpo permanecía en una inmovilidad absoluta. Debo confesar que quizás exageré al describir su terrorífico ataque. Quizás no fue tan brutal como he dado a entender. Quizás Mariano se limitó a acercárseme con curiosidad, y el resto no fue más que imaginación deformada por el miedo. Más tarde, observándolo con la cabeza fría, comprendí que era un perro inofensivo, un gigante lánguido.

–Sea como sea –dije–, no puede dejar a un perro como ese suelto. Si va a llamar a la policía, adelante, llame. Usted les explicará lo que tenga que explicarles y yo les explicaré lo del perro.

La anciana se acercó un poco más al seto. Apartó unas ramas.

–¿Has dicho que vives en la segunda planta?

No era una pregunta defensiva. La vieja había pasado al ataque. Lo que se proponía no era cerciorarse de que yo era en efecto un vecino y no un extraño, sino intimidarme. «Ya te tengo fichado. Sé dónde vives. Cuidado, muchacho. No juegues conmigo, porque yo no tolero amenazas».

En vez de contestar le di la espalda.

–Vigile al perro –dije mientras me alejaba– si no quiere que llame a la policía.

La oí gritar:

–¡Eh, oye!

Me giré. Su brazo derecho sobresalía por encima del seto. Tenía el puño cerrado y el dedo corazón extendido. ¡Me estaba haciendo una peineta! No supe cómo reaccionar. Yo no era un hombre de acción, no tenía engrasadas las poleas que activaban la valentía, el coraje y la intrepidez. Mi primer impulso ante un desafío tan palmario era la huida, y huir fue lo que hice. Sacudí la cabeza, bajé la mirada y me marché.

5

Por suerte, no tenía tiempo para detenerme a rumiar la derrota. Había quedado con Jacinto en media hora. Me di una ducha rápida y salí hacia su apartamento. Eran las nueve en punto cuando toqué el timbre.

–Las nueve cero cero –dijo al abrir–. Esto sí que es una sorpresa, puntualidad alemana en el sur de España.

–Estoy justo al lado, no tengo excusa para llegar tarde.

–Es verdad, sonaría raro si dijeras que había mucho tráfico. Aunque, ahora que lo pienso, no sería tan raro. A veces se forman unos atascos tremendos en la puerta de mi casa.

–Esta tarde vi cómo empezaba a formarse uno –dije–. Si no estoy mal informado, vinieron a protestar por lo del perro.

–Buf, no me lo recuerdes. La pobre mujer tiene razón, pero qué puedo hacer yo. Esa vieja es un demonio. –Movió la cabeza, desalentado–. ¿Qué traes ahí?

–Pasteles –dije–. De postre. No sé si serán muy buenos, son del Alcampo.

–Mientras que no sean de Sebastiana, me valen.

La distribución de su apartamento era idéntica a la del mío, pero uno y otro parecían pertenecer a universos distintos.

El mío era tan frío como una sala de interrogatorios: paredes desnudas, mobiliario práctico y ni un solo toque personal en ninguna de las habitaciones. El suyo, en cambio, era un pequeño museo personal. La pared que conducía de la entrada al salón había sido transformada en un panel de escalada, y también el techo estaba cubierto de presas. Había dos o tres pósteres de espectaculares macizos y alguna que otra foto en la que se veía a un joven Jacinto posando en la cima de una montaña. Pero lo que más había eran libros. Montones de ellos apilados por todas partes. Era una extraña mezcla, escalada y libros. Reconocí algunos rostros familiares: los sobrios tomos azules de la Biblioteca Clásica Gredos, los libros de George Steiner en Siruela, el *Salón de pasos perdidos*, de Trapiello. Había también abundantes volúmenes de obras completas, de esos que tanto se estilaban a mediados del siglo XX: los de Aguilar, con sus reconocibles cubiertas verdes, celestes, beige o caoba; los de Plaza & Janés, con el lomo irremediablemente resquebrajado, los de Luis de Caralt. No faltaban libros de Acantilado, inconfundibles con su cinta roja o mostaza en la parte superior del lomo, ni de ninguna de mis editoriales preferidas. Recorrí un par de baldas atentamente, leí algunos títulos, y luego me alejé unos pasos y abarqué la estantería entera con la mirada. Y a medida que lo hacía surgió ante mí, como una de esas imágenes tridimensionales que se ocultan en las ilustraciones de *El Ojo Mágico*, un rostro, el rostro del lector que había ido dándole forma a la biblioteca a lo largo de los años. Sentí un leve mareo. El rostro se parecía muchísimo al mío.

–Bonita colección –dije.

–Gracias.

–Has debido de gastarte una fortuna en todos estos libros.

–Algunos me costaron un dinero en su momento, pero hoy no valen nada. Ahora en internet encuentras por dos euros libros que antes costaban cien. Han perdido todo su valor. Ya no tiene sentido gastarse el dinero en libros.

–Yo no lo veo así.

–Yo tampoco lo veía así cuando tenía tu edad. Antiguamente presumía de conocer todas las librerías de las grandes ciudades de España, y muy especialmente las de segunda mano. «De la naturaleza, la montaña», decía, «y de la ciudad, las librerías de viejo». En cuanto llegaba a una ciudad, lo primero que hacía era localizarlas. Ahora, sin embargo, cuando pienso en las horas que he gastado llenándome las uñas de polvo, removiendo libros y libros en busca del tesoro escondido, llego siempre a la misma conclusión: no ha merecido la pena.

–¿Por qué? Tienes una biblioteca preciosa, has disfrutado de ella y otros disfrutarán después de ti.

–Permíteme que lo dude. Los que la hereden disfrutarán de un bonito dolor de espalda, y poco más. Algún día se cansarán de ver libros amontonados y se decidirán a tirarlos, y si algo puede decirse con seguridad de los libros, es que pesan. No creo que se diviertan cargando con todo esto hasta el contenedor de papel.

–Yo me ofrecería con gusto a llevármelos –dije–, pero no

al contenedor de papel. Si tus herederos necesitan un porteador, dales mi número. A mí también me gustan los libros.

Me lanzó una mirada escrutadora.

–Algún vicio hay que tener –dijo, y de inmediato se volvió hacia la cocina–. ¿Te apetece una copa de vino? ¿O prefieres cerveza?

Me sorprendió que cambiara de tema tan bruscamente. Parecía querer dar a entender que no le apetecía hablar de libros.

–Tomaré lo mismo que tú –dije.

–Vino entonces. Tengo este reservado desde hace tiempo. Priorato Sandoval. No soy ningún entendido, pero la botella me costó quince euros, así que supongo que será casi decente.

–Seguro que sí.

–¿Tú entiendes de vinos? –me preguntó.

–No. No bebo casi nunca. Podrías poner Don Simón en mi copa y no me enteraría.

–A mí me pasa igual –dijo–. Bueno, igual no, yo sí que bebo, me gusta tomarme un par de copas con la comida, pero no soy ningún sibarita. Últimamente bebo uno que se llama Caserío don Pío. Lo compré porque el nombre me hizo gracia, y es de lo mejor que he probado. La botella cuesta uno con noventa.

Mientras hablaba había abierto la botella de Priorato Sandoval y había servido dos copas. Me ofreció una de ellas.

–¿Por qué brindamos? –preguntó.

Yo observé las estanterías llenas de libros. Si hubiera estado borracho, tal vez me habría animado a decir: «Por la literatura».

–¿Por La Chucha? –dije.

–Si llevaras aquí tanto tiempo como yo, brindarías por otra cosa, créeme.

–¿Por el verano?

Jacinto se lo pensó.

–Venga, sí, por el verano, que trae trabajo y abundancia a mi hogar.

Chocamos las copas y dimos un sorbo.

–¿Qué te parece? –dijo Jacinto.

–Está bueno.

–¿No crees que le falta un poco de cuerpo?

–Sí, pero lo compensa con una gran redondez.

–Es verdad. Y de amplitud tampoco anda corto.

–Lo mejor es el regusto afrutado, y el leve toque de madera añeja.

–Y el *bouquet*. El *bouquet* no está nada mal. –Nos reímos–. Ya la hemos abierto –dijo Jacinto–, así que tenemos que bebérnosla. Otro día te invito a una copa de Caserío don Pío.

Había una olla en el fuego. Jacinto levantó la tapa y la removió. No olía mal. Bien tampoco.

–Huele bien –dije.

–Pollo en salsa. Lo he preparado mil veces, y te juro que ni una sola me ha salido como Dios manda. No sé qué es lo que falla. ¿Tú sabes cocinar?

–No.

–Pues vamos apañados. –Levantó de nuevo la tapa y olfateó–. Algo me dice que no me está quedando mejor que las otras veces, pero no importa. Tenemos vino. Si bebemos rápido, en veinte minutos seremos capaces de tragarnos cualquier cosa.

Dio un sorbo a su copa. Yo recorrí con la mirada el techo cubierto de agarres.

–Menudo rocódromo has montado aquí –dije.

–Ya apenas lo uso. De vez en cuando me encaramo a la pared y me engaño a mí mismo haciendo como que escalo, pero no aguanto nada. Estoy viejo.

–La semana pasada –dije– leí una entrevista en la que Erri de Luca hablaba sobre la escalada. Supongo que sabes que, además de escribir de maravilla, es un buen escalador.

–Algo he oído. ¿Y qué decía en la entrevista?

–Decía que la escalada es un deporte democrático porque te obliga a caminar en horizontal. Cuando escalas, decía, caminas a cuatro patas y tu cabeza está a la misma altura que tu culo, lo cual, de algún modo, te ayuda a dejar de lado la pose aristocrática.

–Menuda estupidez –dijo Jacinto–. El tipo no puede limitarse a disfrutar de la escalada, también tiene que inventar frasecitas para demostrar que él, Erri de Luca, gran escritor, la entiende de un modo mucho más sofisticado que los escaladores normales.

–Yo pensé lo mismo cuando leí la entrevista –contesté–. Puro exhibicionismo. Pero luego reflexioné. ¿Qué era lo que tanto me molestaba? ¿Por qué me irritaba que el buen hombre se divirtiera inventando frasecitas? Fácil: porque me había vuelto un cascarrabias. Desde hacía algunos años, siempre que veía a un muchacho cantando por la calle, en vez de pensar: «Qué bonito es ser joven», pensaba: «Qué presuntuosos son los jóvenes». Y si el que cantaba era un viejo, pensaba: «¿Es que la gente no tiene sentido del ridículo? ¿Tan difícil es aceptar que uno se hace mayor y que ya no tiene edad para ciertas cosas?». Sentía un desprecio instintivo por cualquiera a quien viera hacer tonterías. Y puede sonar cursi, pero no creo que haga falta ser un adicto a los libros de autoayuda para entender que, llegado a ese punto, uno tiene que empezar a replantearse muchas cosas.

Guardé silencio. En circunstancias normales, después de soltar una parrafada como aquella me habría sentido avergonzado, pero esta vez no era así. Me había puesto pedante con toda la intención. El discursito era un modo de decirle a Jacinto: «He visto la clase de libros que lees, y quiero que sepas que a mí también me gustan esos libros. Podemos pasarnos toda la noche haciendo chistes, pero si surge la ocasión y te apetece, también podemos hablar de verdad».

Él levantó la tapa de la olla. Removió el guiso. Se llevó la cuchara de madera a la boca y dio un sorbo.

–Esto ya está –dijo. Sacó dos platos de un mueble y los dejó sobre la encimera. Luego añadió–: Entonces es verdad que te gustan los libros.

–Claro que es verdad, ¿por qué iba a mentirte?

–No quería decir eso. Lo que pasa es que es un tema que se presta a la confusión. Muchos de los que dicen que les gustan los libros no saben de lo que hablan. Les gusta, en el mejor de los casos, un cierto tipo de libros, las novelas, y dentro del género, solo las novedades. Y aunque es verdad que también esos libros son libros, no son «los libros». –Comenzó a servir los platos. El pollo tenía un color grisáceo, indefinido, como si hubiera llegado a La Chucha por teletransportación y en el camino hubiera perdido sus mejores moléculas. Jacinto sirvió en uno de los platos dos muslos y una pechuga–. ¿Está bien así? –preguntó.

–¿Para mí? Es demasiado.

–Te comes lo que puedas, y el resto te lo llevas en un táper. –Me indicó por gestos que cogiera el plato y lo siguiera–. Pensemos –dijo mientras se sentaba a la mesa– en alguien que cada semana se traga en el cine los últimos taquillazos, alguien que no duda en gastarse todos los sábados una fortuna para ver una buena peli de acción con sus palomitas y su refresco y el resto de la parafernalia, pero que no sabe quiénes son Orson Welles o Billy Wilder. ¿Dirías que a esa persona «le gusta el cine»? He nombrado a dos directores conocidísimos, absolutamente imprescindibles, porque creo que se puede ser un amante del cine y no conocer a Jonas Mekas o a Dhimitër Anagnosti, pero sería absurdo que alguien que no conociera a Welles o a Wilder conversara con un cinéfilo y le dijera que «a él también le gusta el cine». Y, sin embargo, aunque parezca mentira, uno tropieza con gente así cada dos por tres. Y si en lugar de hablar de cine hablamos de literatura, ya ni te digo. No es raro que alguien diga que le gustan los libros y no sepa quiénes son Dante o

Goethe. *Que no sepa quiénes son*, literalmente. A lo mejor soy muy elitista y muy carca, pero a alguien que no sabe si Dante fue un militar o un poeta, si vivió en la antigua Roma o en el Renacimiento, a ese alguien yo no diría que le gustan los libros. –Todavía no habíamos probado el pollo. Los platos humeaban. Jacinto apuró su copa y volvió a llenarla–. ¿Un poco más? –preguntó mientras acercaba el cuello de la botella a la mía, que aún estaba por la mitad. Yo la apuré y se la ofrecí–. No sé si he hablado de más –dijo–. A veces me entusiasmo y meto la pata. Tú sabes quién es Dante, ¿verdad?

Me reí.

–Me hago una idea –dije–, aunque no creas que estoy muy puesto. Leí la *Comedia* a los veinte años y no me enteré de nada, y desde entonces no he vuelto a tocarla.

–Yo también llevo siglos sin leerla, pero no importa. No digo que haya que ser un supererudito, el humanista total, pero sí creo que, para decir que «te gustan los libros», debes tener un mínimo interés por la literatura en un sentido más o menos amplio, es decir, por la filosofía, por la historia, por la poesía, por los problemas que han tratado las grandes mentes de todos los tiempos, y no solo por las novelas que estén de moda en la época que te ha tocado vivir. Antes, cuando me dijiste que a ti también te gustaban los libros, pensé: uf, otro al que «le gustan los libros». Y cambié de tema para no cogerte ojeriza. –Dio un sorbo a su copa. Luego introdujo el tenedor en la pechuga y examinó la carne–. A mí me da igual lo que cada uno haga con su tiempo –siguió–. No necesito que mis amigos sean grandes filósofos para quererlos, pero no puedo evitar que se me revuelva el estómago cuando un lector de *best sellers* me dice que a él también le gustan los libros. Si eso me convierte en un cascarrabias, pues nada, lo acepto. Soy un cascarrabias.

–No creo que seas un cascarrabias –dije–, solo un poco orgulloso.

–Gracias.

–Y quizá un pelín elitista.

–No te cortes. ¿Algo más?

–Bueno, sí. Si te soy sincero, me temo que también eres bastante cascarrabias.

Jacinto dio un largo sorbo a su copa y la rellenó.

–Bebe –dijo–, no quiero emborracharme solo. –Vacié la mía y dejé que la llenara–. Pero es que creo –añadió– que uno tiene derecho a ser cascarrabias. Piensa en esto: la muerte de la literatura.

–¿Qué pasa con la muerte de la literatura?

–¿Desde cuándo se viene hablando de ella? A la literatura le quedan cien años, decían hace cien años, a la literatura le quedan veinte, decían hace veinte. Y también hay quien dice que la literatura no morirá nunca, que habrá libros mientras haya seres humanos y bla, bla, bla. Sea como fuere, el debate está siempre abierto. ¿De dónde viene esa sensación de que la pobre literatura está agonizando? No lo sé. ¿Tiene fundamento? Tampoco lo sé. Pero el caso es que la sensación está ahí y podemos permitirnos jugar con ella. Imaginemos que la industria del libro sigue en caída libre durante varios años, durante varias décadas. Las editoriales se endeudan publicando cientos de libros en busca del nuevo gran pelotazo, pero el ansiado pelotazo es cada vez más esquivo, aparece uno cada cinco años, después cada diez, cada veinte, hasta que deja de ser rentable seguir buscándolo, y las editoriales, tal como hoy las conocemos, desaparecen. Todavía quedan miles de libros en las bibliotecas y en internet, pero ya no se publican novedades. En ese escenario hipotético, ¿cuántas personas crees que seguirían leyendo asiduamente? Muy pocas. Al desaparecer las novedades, los lectores de *best sellers*, toda esa buena gente a la que «también le gustan los libros», dejaría de leer en el acto. Porque, aunque no lo sepan, lo que de verdad aman no son los libros, sino las novedades literarias. Se parecen más a los consumidores de novedades tecnológicas o musicales o de «moda y complementos» que a los lectores de Montaigne, y si la industria editorial cayera, reemplazarían el consumo de libros por el de algún otro producto que les permitiera saciar su sed de novedades. Unos se pasarían a los videojuegos, otros se convertirían en fanáticos del pádel o de la comida coreana, y al cabo de unos años quedaríamos solo nosotros, los elitistas, los cascarrabias, los lectores de verdad.

Yo había empezado a comer mientras él hablaba, o lo había intentado. El pollo estaba churruscado por fuera y crudo por dentro, y la salsa era un mejunje aceitoso salpicado de trozos de ajo. Cada vez que me llevaba el tenedor a la boca me veía obligado a matar el sabor con la ayuda del vino. Necesitaba una buena excusa para dejar de comer, y en aquella situación solo había una válida: hablar. Debía tomar la palabra, y además empezaba a estar borracho y me apetecía llevarle la contraria a Jacinto.

–Creo que hay un problema en todo eso que dices –dije–. Cuando distingues entre buenos y malos lectores, no lo haces en función de cuánto o de cómo leen, sino de qué libros leen. Si leen a Dante y a Montaigne, son buenos lectores. Si leen *best sellers*, no. Eso equivale a decir que hay libros buenos y malos. Pero ¿cómo se mide la grandeza de un libro? La pregunta, como sabes, ha sido planteada miles de veces, y la respuesta es siempre la misma: no se puede. No hay ningún aparato que determine si una obra es mejor que otra. ¿*Finnegans Wake* es una obra maestra o una estupidez pretenciosa? ¿J. K. Rowling es el ejemplo perfecto de lo que debe ser una novelista o el ejemplo perfecto de lo que no debe ser? ¡Opinen, opinen! Aquí no ocurre como en la ciencia, donde el experimento tiene la última palabra sobre la validez de una teoría. Lo más que puedes hacer es argumentar tu opinión, pero, por muy brillantemente que lo hagas, no faltará quien argumente lo contrario con idéntica brillantez.

–Un momento –me interrumpió Jacinto–. ¿Tú crees en lo que estás diciendo?

–No estoy seguro. Me parece que no.

–Vale, continúa.

–Podría pensarse –dije–, que el simple ejercicio de la reflexión ennoblece a la humanidad y que son las obras que lo promueven las que merecen ser salvadas. No voy a negar que descifrar la *Ética* de Spinoza requiere un esfuerzo intelectual muy superior al que requieren los libros de Paulo Coelho, y está claro que la obra de Kant es un intento serio de comprender el mundo y a las personas. Ahora bien, ¿de qué forma nos ennoblece esta ardua tarea intelectual? Huyendo de las vaguedades y las generalizaciones, ¿en qué momento concreto de la historia podemos decir que las humanidades han supuesto una mejora *demostrable*, y no simplemente opinable, del mundo? Nunca. Si observamos a los grandes humanistas y a sus libros, la impresión es más bien que, más allá del buen rato que algunos puedan pasar leyéndolos, su paso por el mundo ha sido completamente estéril. Perdóname que recurra al nombre que todos, tarde o temprano, terminan sacando a colación en esta clase de discusiones, pero es que es difícil no mencionarlo: Heidegger, probablemente el mayor filósofo del siglo XX. Se pasa la vida en su escritorio, dándole forma a uno de los pensamientos más complejos de la historia. ¡Menudo titán! ¡Qué gran legado nos deja! Pero luego resulta que en su país irrumpe una panda de matones liderados por un señor con bigote, y él, el titán, agacha la cabeza, se deja agasajar y da muestras de una falta de carácter imperdonable. O pensemos, si quieres, en un caso aún más claro, un hombre que no solo fue una autoridad intelectual, sino también el referente moral de su tiempo: Erasmo. Se hartó de escribir sobre los peligros del fanatismo y las virtudes de la tolerancia, pero he aquí que a su alrededor los fanáticos comienzan a despedazarse unos a otros, católicos y protestantes se enzarzan en una batalla cada vez más cruenta, y en el momento crucial, justo antes de que todo estalle de manera definitiva e irreparable, unos y otros solicitan la mediación del gran humanista, el hombre sabio e imparcial cuya prudente palabra puede calmar las aguas. ¿Y qué hace él? Se esconde. No da la cara. Se apoquina ante el reto y se niega a asistir a la Dieta de Augsburgo. ¿Cuál fue, entonces, la gran aportación de Erasmo a su época o a la nuestra? ¿Sus libros? Pero ¿cuál es la aportación de sus libros? ¿Para qué sirven? Te lo diré: para que unos cuantos pasen el rato leyéndolos y luego vuelvan a sus miserias, es decir, nos aportan exactamente lo mismo que los *best sellers*.

Jacinto llevaba un rato desmenuzando el pollo con el tenedor.

–Esto está crudo –dijo–. ¿Cómo has podido comerte un muslo entero?

–No ha sido fácil. He tenido que regarlo con un buen montón de vino. No quería hacerte el feo.

Meneó la cabeza.

–Voy a ver si tengo unas latas de atún o algo así. ¿Te gusta el atún?

–No demasiado, aunque lo prefiero al pollo crudo.

Abrió la nevera y echó un vistazo.

–Hay chóped y salchichón.

–Estupendo.

Regresó con los embutidos y con otra botella.

–Ahora vas a ver lo que es un buen vino.

–Caserío don Pío –dije.

–No encontrarás nada mejor a este lado de Despeñaperros. –Descorchó la botella y llenó las copas. Me llevé la mía a los labios. No sé lo que habría opinado un buen catador, pero a mí me pareció un vino formidable–. ¿Y bien? –dijo Jacinto.

–Delicioso.

–Te lo dije.

–Está buenísimo, en serio. –Me relamí los labios–. Deberíamos brindar de nuevo.

–Vale –dijo Jacinto–, ¿por qué brindamos?

–Por la literatura.

–Por la literatura. –Levantamos las copas. Dimos un sorbo. Después Jacinto cortó varios trozos de salchichón y los sirvió en un plato–. Deduzco –dijo–, por la forma en que te ensañas con las humanidades, que has estudiado humanidades.

–Sí.

–¿Qué carrera?

–Filosofía.

–Era de esperar. Los filólogos y los historiadores no suelen estar tan resentidos. ¿Y a qué te dedicas?

–Pues… escribo.

–¿Eres escritor?

–No exactamente. Yo solo…

–Relájate, hombre. ¿Te dedicas a escribir? Entonces eres escritor. Es la forma más sencilla de decirlo, ¿no crees?

–Como quieras. Es solo que tengo ciertos prejuicios al respecto. Cuando escucho esa palabra pienso en un tipo con chaqueta americana que no para de dar conferencias, cursos, charlas, entrevistas, y que solo de vez en cuando encuentra un hueco en su apretada agenda para sentarse a escribir, o, aún más raramente, a leer.

–Eres joven. Necesitas sentir que tu vocación es pura y que tú no serás como los otros.

–Algo así.

–¿Y qué escribes?

–No creo que haya bebido lo suficiente para ponerme a hablar sobre mí mismo.

–Yo creo que *sí* has bebido lo suficiente. No seas tímido, ¿qué escribes?

–¿Tú qué crees? –pregunté.

–Novelas. Si escribieras poesía, no habrías dicho que eres escritor. Si escribieras teatro, tampoco. Y si escribieras ensayo… Bueno, si escribieras ensayo, a lo mejor sí. ¿Escribes ensayo?

–No, escribo novelas.

–Naturalmente. Solo un novelista se atrevería a comparar la última novela de moda con *La Divina Comedia.*

–Veo que empiezas a calarme.

–Estaba bromeando. Sé que todo ese numerito de igualar a Dante con Paulo Coelho es pura pose. Y sea lo que sea lo que escribes, estoy seguro de que no se parece en nada a *El alquimista.* ¿O sí?

–Yo diría que no.

–Entonces seguimos siendo amigos.

–Aunque dudo que lo que yo escribo sea *mejor* que *El alquimista.*

–Claro que no es mejor. Nada es mejor ni peor, eso ya lo has dejado claro. Todo vale lo mismo. ¿*En busca del tiempo perdido* o *Cincuenta sombras de Grey*? Lo mismo. ¿Homero o Ken Follet? La misma mierda.

–Pero es que yo estoy más cerca de Ken Follet que de Homero.

–Por supuesto que estás más cerca de Ken Follet. Solo faltaba que te atrevieras a compararte con uno de los poetas más grandes de todos los tiempos.

–Me temo que tampoco con Ken Follet me atrevo a compararme.

–Haces bien. Las comparaciones son odiosas. Además, creo que Ken Follet no está mal.

–¿Lo has leído? –pregunté.

–No.

–¿Entonces cómo lo sabes?

–He dicho que *creo* que no está mal –dijo Jacinto–. Intuición. Una vez leí una entrevista suya y me pareció un tipo inteligente.

–A mí me pasó lo mismo. Leí la que recoge Xavi Ayén en *La vuelta al mundo en 80 autores.*

–Es la misma que leí yo.

–Está muy bien ese libro –dije.

–Sí. –Los dos asentimos y bebimos un sorbo–. Entonces –dijo Jacinto–, ¿vas a hablarme un poco de ti o no? Deberías sentirte halagado. Me inspiras curiosidad.

–Tú a mí también.

–Es normal. Soy todo un personaje.

–Lo eres.

–Pero no es de mí de quien estamos hablando –dijo Jacinto–. Ya habrá tiempo para eso. Cuéntame, ¿qué escribes? ¿Cómo escribes? ¿Te da para vivir?

Le hice un resumen de mi vida esforzándome en utilizar un tono paródico. Usé frases altisonantes y les di un énfasis especial para dejar claro que me parecían ridículas. Llevaba más de una década, dije, Consagrado a la Vocación. Me sometía a mí mismo a una Inflexible Disciplina Ascética. Había hecho del Autocontrol una religión; expulsaba a latigazos a las bajas pasiones, me privaba de todo lo que pudiera suponer una distracción, amistades, diversiones, internet, y así habían ido poco a poco estrechándose en torno a mí las paredes de una Celda Invisible.

–Luego –dije– publiqué una novela, y fue como si hubiera arrojado una bujía a la luna de un coche. Un golpecito de nada reventó diez años de autodisciplina. Me puse a hacer el imbécil de lo lindo. Yo, que hasta entonces había evitado tener internet en casa porque eso habría supuesto una amenaza para mi Sagrada Concentración, me hice de un día para otro un perfil en Facebook y otro en Twitter y empecé a escribir emails desesperados rogando un poco de atención para mi libro. Fue humillante. Lo más doloroso no fue el silencio que obtuve por respuesta, sino comprobar lo poco que me conocía a mí mismo. Yo, el orgulloso elitista que vivía entregado a una Vocación Literaria Auténtica, yo, el Genuino, me dedicaba ahora a menear la colita en Twitter.

A medida que avanzaba en mi relato me iba poniendo más y más colorado. Lo notaba porque la cara me ardía. Por más que me riera de mí mismo, por más que me esforzara en caricaturizar las *Desventuras de un escritor en ciernes*, lo cierto era que aquellas eran *mis* desventuras, me habían hecho sufrir y volvían a hacerlo en ese momento, al rememorarlas. Me sentía avergonzado y resentido, y también culpable ante mí mismo. No era justo que me riera de mi dolor. Un albañil, un médico, un frutero o un abogado se sentirían ofendidos si, al expresar en voz alta sus frustraciones, los demás se rieran. ¿Por qué un escritor debía callárselas o parodiarlas? ¿Por qué debía evitar a toda costa tomarse en serio sus problemas so pena de ser acusado de egocéntrico?

Jacinto se me había quedado mirando muy serio. Yo me había hundido en un estado de ánimo sombrío. El sarcasmo me había dejado un regusto agrio en la garganta. Vacié mi copa. Sentí deseos de levantarme y marcharme.

–¿Cuál es tu perfil en Twitter? –dijo de pronto Jacinto.

–¿Qué?

–Has dicho que te hiciste una cuenta de Twitter. ¿Cuál es tu perfil?

–¿Tienes Twitter? –pregunté.

–Claro que sí. ¿Por qué no iba a tener?

–No sé, no te pega.

–¿Porque soy viejo?

–No, por todo lo que has dicho antes. Ya sabes, Dante, Goethe.

–¿Eso qué tiene que ver? Una cosa no quita la otra.

–No digo yo que no, pero se me hace raro. No me lo esperaba, la verdad.

–El problema es que nos obsesionamos –explicó Jacinto–. Entramos en el mundo de los libros como el que entra en una religión, una de las malas, de esas que no paran de tachar cosas, esto no se hace, esto tampoco, y poco a poco nos crecen en las sienes unas anteojeras que nos impiden ver nada que no sea el libro que tenemos delante. No tiene sentido. Leemos para vivir más, no menos. Y, sin duda, vive menos quien no hace otra cosa que leer, igual que vive menos quien no hace otra cosa que soltar chistes en Twitter. Y ahora hazme un favor, llena las copas mientras echo una meada. Llevo un rato aguantándome y no he podido levantarme porque no haces más que cotorrear.

–¿Yo? –protesté.

–Sí, tú, no te hagas el inocente.

–Pero si eres tú el que no se calla ni debajo del agua –dije–. ¿Crees que yo no me estoy meando?

–Pues lo siento, pero yo lo he dicho antes. Si has aguantado todo este rato, podrás aguantar otro minutito.

Hice ademán de adelantarme, pero él fue más rápido.

–Jesús, qué gusto –le oí decir desde el baño–. ¿Lo oyes? –Sí, lo oía. Sonaba como una catarata–. Está saliendo a presión.

–¡Date prisa! –grité–. No aguanto más. –Me levanté y esperé junto a la puerta del baño. De repente sentía unas ganas incontenibles, pero no parecía que él fuera a terminar nunca. Era la meada más larga que había oído en mi vida–. Te lo digo en serio –dije–, me voy a mear encima.

–Ya acabo.

Y acabó. Salió del baño y entré corriendo.

Cuando volví a la sala encontré a Jacinto trepado a la pared.

–Estoy borracho –anunció.

–Yo también.

Y procedí a trepar otra pared. Él regresó a tierra firme y vino hacia donde yo estaba.

–El tronco –dijo poniendo una mano en mi espalda– tiene que ir pegado a la pared. No dejes caer el culo, pégalo. Hazte a la idea de que eres una serpiente o una lagartija. Así, muy bien. Procura que sean las piernas las que carguen con el peso, no los brazos.

Seguí sus instrucciones. Me sentía fuerte. Estaba borracho. Bajé de la pared y me subí a la cabecera del sofá.

–¿Qué haces?

–La pared se me ha quedado pequeña –dije–. Necesito retos mayores. –Me puse de puntillas y alargué el brazo hacia una de las presas del techo.

–No, hombre, no, hay que ir paso a paso. Es más difícil de lo que parece.

–Voy a trepar el techo aunque sea lo último que haga –dije.

–Te vas a desnucar. Espérate por lo menos a que ponga un colchón en el suelo.

Fue al dormitorio a por un colchón, pero yo no esperé. Me colgué del techo de ambos brazos. Intenté balancearme para ganar impulso y elevar el tronco, pero al hacerlo sentí un crujido. Algo había hecho «crac» en mi espalda. Me quedé paralizado de cintura para arriba. Mis manos comenzaron a sudar. Tanteé con el pie el respaldo del sofá, pero tenía la columna agarrotada y apenas lograba alcanzarlo con la punta de los dedos.

–¡Jacinto! –grité–. Tengo un problema. –Él regresó corriendo–. Ayúdame, me resbalo.

Saltó hacia mí en el mismo instante en que mis manos se soltaron de las presas. Creo que habría logrado amortiguar mi caída de no ser porque un paso en falso sobre la cabecera del sofá me hizo cambiar de dirección de forma imprevista. Giré ciento ochenta grados y traté inútilmente de mantener el equilibrio. Después, viendo que la caída era irremediable, centré mis esfuerzos en adoptar una postura aerodinámica que me permitiera suavizar el impacto contra el suelo. Me llevé un golpe formidable en el hombro.

–Te lo dije –señaló Jacinto mientras acudía en mi auxilio–. ¿Estás bien?

Intenté levantar el hombro y comprobé con sorpresa que se movía.

–Creo que sí –dije.

–Te saldrá moretón. Te has dado un buen golpe.

Me incorporé.

–¿Qué hora es?

–Las doce y media –dijo Jacinto.

–Hora de irse a dormir.

–Tengo una habitación libre. No sería mala idea que te quedaras. Así, si dentro de unas horas te das cuenta de que te has roto algo, puedo llevarte al médico.

–No te preocupes, estoy bien.

Caminé hacia la salida, y al pasar junto a la mesa hice ademán de recoger mi plato y mi vaso.

–Quita –me interrumpió Jacinto–. Ya recojo yo mañana.

Seguí caminando y me detuve en la puerta.

–Ha sido una noche interesante –dije.

–Sí.

–El pollo estaba incomible, pero la conversación ha valido la pena.

–Me ha hecho pensar –dijo Jacinto– en una cosa que escribió, creo, Schopenhauer: que una discusión perfecta es aquella en la que cada uno termina defendiendo lo que el otro defendía al principio.

–Es verdad –observé–. Al principio el cascarrabias eras tú, y al final yo.

–Hemos cambiado los papeles, y eso solo puede significar una cosa: que somos unos discutidores de puta madre.

–Lo somos. Otro día brindaremos por ello.

–Tendré preparada una botella de Caserío don Pío para la ocasión –dijo Jacinto.

Salí al pasillo.

–Gracias por la velada –me despedí.

–Gracias a ti. –Cerró la puerta, pero enseguida la abrió de nuevo–. Espera –dijo–. No sé si después de la hostia que te has dado te seguirá interesando, pero te he preparado el material de escalada.

Me ofreció una bolsa llena de enseres. Observé el revoltijo de arneses, mosquetones y cuerdas.

–Dame solo lo más básico –dije–. Así hay menos peligro de que me emocione y termine rompiéndome algo.

Él sacó de la bolsa unos pies de gato.

–¿Qué número calzas?

–Cuarenta y tres.

–Pueden que te aprieten un poco, pero te servirán. Llévate también esto. –Me dio una bolsita de polvos de magnesio–. Son para que no te suden las manos.

–Gracias.

–Una última pregunta, Nacho. ¿Cuáles son tus apellidos?

–¿Mis apellidos?

–Sí.

–¿Por qué lo preguntas?

–¿No quieres decírmelo?

–No es eso, es solo que... –Adiviné lo que tenía en mente–. Si estás pensando en buscar mi novela, olvídalo, por favor.

–¿Por qué?

–Porque sí. No debería habértelo dicho. La novela es muy mala, de verdad.

–¿Vas a obligarme a llamar a tu casera y preguntárselo?

–Vale. Mi apellido es Barrios. La novela se titula *Bajar las persianas*.

–Gracias. Es todo lo que quería saber. Buenas noches.

6

Dormí diez horas seguidas y me desperté con una resaca benévola. Una leve sensación de asco en la boca del estómago, una opresión insistente pero soportable en las sienes. Para no estar acostumbrado a beber, no estaba nada mal.

Lo que sí me dolía era el hombro. Estaba hinchado y morado. Lo palpé y lo moví para tratar de comprobar si había piezas sueltas. Me pareció que todo estaba en su sitio y me di por satisfecho.

Mientras desayunaba oí ruido en el exterior del apartamento. Alguien recorría el pasillo dando grandes chanclazos. Corrí a asomarme a la mirilla. Era Carmen. Llamó al timbre de Jacinto. Pegué la oreja a la puerta y escuché.

–Esto ya es demasiado –la oí decir cuando Jacinto hubo abierto.

–¿Qué ha pasado ahora?

–¿Queréis echarme entre todos? ¿Tú también?

–¿Yo? –preguntó Jacinto.

–Sí, tú, no te hagas el tonto.

–Te juro que no sé de qué me hablas.

–¿No lo sabes?

–No.

–¿Tú has cortado el césped esta mañana? –lo interrogó Carmen.

–Sí.

–¿Has cortado el césped en mi jardín?

–Sí.

–¿Y no te ha llamado la atención nada raro?

–No.

–Pues no lo entiendo, de verdad que no entiendo cómo has podido no darte cuenta.

–¿De qué? –preguntó Jacinto.

–En el césped, en *mi* césped, junto a *mi* puerta, había un pedazo de mojón enorme, un zurullo gigantesco, y el cortacésped lo ha hecho saltar por los aires en mil pedazos. Tengo mierda de perro en el cristal de la puerta, en las paredes y en las sillas.

–Yo… –se excusó Jacinto– te juro que no me he dado cuenta. Esta mañana estaba un poco adormilado.

–¿Y ya está? ¿Así lo arreglas?

–Claro que no. Ahora mismo lo limpio.

–Por supuesto que lo vas a limpiar, solo faltaba que tuviera que hacerlo yo.

–No te preocupes, te prometo que no va a quedar ni rastro. Espera un segundo, cojo las llaves y bajo contigo. –Oí el tintineo de unas llaves. Despegué la oreja de la puerta y me asomé a la mirilla–. Lo siento mucho, de verdad –se disculpó mientras caminaba junto a Carmen.

–Yo así no puedo seguir. Estoy desesperada. –Los dos miraron de reojo hacia la mirilla cuando pasaron junto a mi puerta. Me aparté rápidamente–. Si nadie me ayuda –continuó Carmen–, voy a terminar haciendo alguna tontería. Tú eres el encargado, deberías…

Sus voces se perdieron escaleras abajo.

Me quedé unos segundos de pie junto a la puerta. ¿Me habían descubierto espiándolos? Apartarme de la mirilla había sido un error. Lo había hecho de manera instintiva, y el instinto, digan lo que digan, está sobrevalorado. Nos hace cometer tantas estupideces como la razón. Cuando espías a través de una mirilla debes permanecer quieto, igual que cuando te persigue un tiranosaurio. Es el movimiento lo que te delata. Los nervios me habían jugado una mala pasada, pero pensé que ya no podía volver atrás y no valía la pena atormentarse. Habría sido distinto si me hubieran descubierto espiándolos en el baño; espiarlos por la mirilla, en cambio, era perfectamente natural. Nadie en su sano juicio se abstenía de hacerlo cuando al otro lado de la puerta ocurría algo interesante.

Terminé de desayunar y bajé a la playa. Me esforcé en clavar la sombrilla siguiendo la técnica que Mónica me había enseñado el día anterior, pero seguía resistiéndoseme. Forcejeé con ella durante un rato, hasta que Mónica, como siempre, apareció de la nada.

–Te doy un dos con cinco –dijo–. Todavía estás lejos del aprobado.

–Lo he hecho como me enseñaste.

–Si lo hubieras hecho como te enseñé, no se caería. Mira, lo que hay que hacer es… Oye, ¿qué tienes en el hombro?

–Nada, un moretón.

–Es enorme. ¿Cómo te lo has hecho?

–Mejor no preguntes.

–¿Te has peleado con alguien?

–No.

–¿Te has caído?

–He dicho que mejor no preguntes.

–Es *sexy* –dijo. Tragué saliva. Aquella maldita niña sabía cómo dejar a un hombre sin palabras–. Así, ¿ves? –dijo, dando por zanjado el asunto del moretón y poniéndose manos a la obra con la sombrilla–. Te lo expliqué ayer, la clave está en la arena. Hay que mojarla, pero no demasiado. Tienes que encontrar el punto justo de humedad.

Se sentó a mi lado. Al cabo de unos segundos señalé con la barbilla a lo lejos a un grupo de chicos y chicas que estaban sentados en círculo cien metros más allá.

–Parece que ha llegado savia nueva a La Chucha –dije.

–No me interesan. Los chicos de mi edad son lerdos.

–¿Has dicho *lerdos*?

–Sí.

Estuve tentado de preguntarle si aquella palabra volvía a estar en uso tras varios siglos de letargo, pero no quise arriesgarme a que me dijera algo por el estilo de: «Sí, ahora los jóvenes decimos *lerdo*. ¿Cuando tú eras joven no se decía?».

–¿Y por qué son lerdos? –pregunté.

–Yo qué sé. Son subnormales.

Me pareció una argumentación intachable.

–Ayer te quejabas de que aquí solo había viejos y niños –le recordé–, y ahora que llegan chicos de tu edad...

–De mi edad biológica, no mental.

–Perdone usted, señorita. No quería ofenderla.

–¿Cuál dirías que es mi edad mental?

–Setenta y cinco años –solté sin pensármelo.

Reflexionó.

–Creo que has dado en el clavo –dijo–. Setenta y cinco es mi edad mental exacta. ¿Y la biológica?

–Catorce.

Me lanzó una mirada suspicaz.

–Te lo ha dicho mi madre.

–¿No me crees capaz de averiguarlo por mí mismo? –pregunté.

–No. Es imposible. Todo el mundo me echa dieciocho o diecinueve. Te lo ha dicho mi madre.

Parecía enfadada.

–¿Te has enfadado? –le pregunté.

–Es que me da coraje. ¿Sabes por qué te lo ha dicho? Porque piensa que yo... Porque no quiere que... Se cree que soy tonta, se cree que no sé cuidar de mí misma. Siempre igual. –Y después, mientras se levantaba de un salto–: En realidad lo que pasa es que tiene celos de mí.

Y sin decir nada más se marchó a su toalla, que estaba a unos cincuenta metros. Me extrañó que se fuera de aquel modo, pero enseguida comprendí el motivo. Su madre venía hacia nosotros.

–¿Ya está otra vez enfadada?

–Creo que he cometido un error –dije, y le expliqué lo que había sucedido.

Carmen suspiró.

–Tiene razón –dijo–. Sé que no le gusta que vaya por ahí pregonando su edad, pero no puedo evitarlo. Es que… Tú la has visto, es guapísima y nadie diría que tiene catorce años. Cuando la veo tontear con chicos mayores, se me encoge el estómago. Una chica como ella es una gran tentación, y prefiero dejar las cosas claras para que no haya malentendidos.

–Es normal. Yo también lo haría.

–Tendremos que volver a reconciliarnos. Es agotador. Todos los días pasa algo.

Permaneció de pie con la vista fija en la arena. Se notaba que tenía ganas de hablar.

–¿Quieres sentarte? –le pregunté.

–Antes voy a darme un chapuzón. Ahora vuelvo.

Se quitó el pareo, soltó el bolso sobre la arena y caminó hacia la orilla. Yo intenté no mirarle el trasero, pero no era fácil. Llevaba un bikini brasileño y tenía unas nalgas de anuncio. Las piedras del suelo la hacían caminar de puntillas, y el esfuerzo ponía sus músculos en tensión y torneaba aún más unas piernas de por sí fabulosas. Me quedé hipnotizado. Luego, de pronto, caí en la cuenta de que Mónica podía estar observándome. Giré el cuello hacia su toalla. Por suerte, estaba absorta en el móvil y no parecía prestarnos atención.

Me esforcé en no mirar a Carmen cuando salió del agua, pero percibí por el rabillo del ojo que ella sí me miraba, de modo que también yo lo hice. Creí adivinar una sonrisa traviesa en sus labios. Pensé: «Me provoca, se exhibe. Su hija tiene razón: tiene celos de ella».

–¿Cómo está el agua? –le pregunté.

–Helada. Buenísima.

–A mí también me gusta que el agua esté fría.

–Lo malo es que ahora no puedo sentarme. Te mojaría la toalla.

–Siéntate, ya se secará.

Se sentó.

–Supongo que te has enterado –dijo.

–¿Lo del cortacésped?

–Sí. Estabas espiándonos por la mirilla, ¿verdad? Vi cómo te apartabas cuando pasamos por tu puerta.

–Fue un acto reflejo –dije.

–Qué torpe. Si espías por una mirilla, tienes que quedarte quieto. Es la regla de oro.

–Me pudo la presión.

–No pasa nada. La próxima vez lo harás mejor.

–Eso espero.

–Volviendo al tema del cortacésped –prosiguió–, ¿tú crees que es normal? Las paredes, la puerta, todo lleno de mierda.

–Normal no es, aunque no creo que sea solo culpa de Jacinto.

–¿Y de quién si no? O sea, a ver, la culpa es de la vieja por dejar que el perro haga sus cosas donde le dé la gana, pero lo del cortacésped tampoco es ni medio normal.

–Un despiste lo tiene cualquiera –dije–. Lo que no tiene cualquiera es maldad, y a esa vieja le sale por las orejas. Ayer la conocí.

–Lo sé –respondió Carmen–, me lo ha contado.

–¿En serio? ¿Y qué te ha contado exactamente?

–Estábamos discutiendo, y de pronto va y me suelta: «Por cierto, si quieres enviarme un matón, gástate los dineros y mándame uno de verdad. Al muchacho que vino ayer daba pena verlo, el pobre estaba cagadito».

–¿Eso te dijo?

–Sí. Creo que no la impresionaste mucho, pero gracias por intentarlo.

–Esa vieja es un demonio.

–Está mal de la cabeza –dijo Carmen–. Una vez intenté echar a su perro de *mi* terraza y se puso a gritarme como una loca. Que no se me ocurriera tocar al perro, que si le ponía la mano encima, me denunciaba. No es solo que le gusten más los animales que las personas, cosa que sería comprensible hasta cierto punto, es que a las personas las odia. Disfruta haciendo daño, y a mí me lo está haciendo. –Suspiró. Ya la había visto suspirar varias veces. Mala señal–. Esto empieza a írseme de las manos –dijo–. Lo del perro es la gota que colma el vaso. –Fue a añadir algo, pero se interrumpió–. Perdona, te conozco desde hace nada y ya te estoy soltando mis penas, como si no tuviera cada uno bastante con las suyas.

–No te preocupes, me viene bien un poco de conversación. Los días aquí son largos.

–Eso es verdad –dijo Carmen–, aquí no hay nada que

hacer. No sé lo que tenía en mente cuando alquilé el apartamento. Ni siquiera conocía la zona. Vi el anuncio en internet, busqué algunas fotos de los alrededores y me pareció bonito. Fue algo impulsivo, y ahora me arrepiento. Estas cosas hay que planearlas mejor, sobre todo cuando una no viaja sola.

–¿De dónde eres?

–De Sevilla.

–Hay un buen trecho hasta aquí –dije–. Si no me equivoco, la gente de Sevilla suele veranear en las playas de Cádiz o en las de Málaga.

–Sí, pero ya sabes cómo se ponen esas playas en verano. Yo andaba buscando algo más tranquilo. O no, yo qué sé, la verdad es que no tengo ni idea de lo que andaba buscando. Huir, supongo, alejarme.

Definitivamente, Carmen necesitaba hablar.

–¿De qué huías? –pregunté.

–De nada en particular. De mi vida. He sido muy egoísta obligando a Mónica a venir aquí. Ella prefería pasar el verano en Sevilla, con sus amigas, pero yo me empeñé. Nuestra relación no pasaba por su mejor momento y se me metió en la cabeza que este viaje nos ayudaría a empezar de cero. Qué tonta. En vez de afrontar el problema, lo que he hecho ha sido traérmelo a la playa. Bien por mí. –Guardó silencio. Yo no sabía cómo hacerla hablar sin parecer indiscreto. Esperé a que continuara, y lo hizo al cabo de unos segundos–. Hace un año me separé de mi marido –me explicó–. Del padre de Mónica. En realidad fue él quien me dejó. Llevábamos juntos desde que éramos unos críos, y en todo ese tiempo me había puesto los cuernos miles de veces. Yo lo sabía, pero me hacía la ciega. Me daba miedo aceptar la realidad. Tendría que haberlo dejado a la primera, pero no lo hice ni a la primera ni a la segunda ni a la última, y al final fue él quien un día me dijo que había conocido a alguien y que se largaba. Fue un golpe duro. Al principio no entendía por qué me dolía tanto. Perderlo de vista era lo mejor que me podía pasar, y ya que yo no había sido lo bastante valiente para tomar la iniciativa, era un regalo del cielo que lo hubiera hecho él. Y, sin embargo, no podía soportarlo. ¿Por qué? El motivo era obvio, pero me costó comprenderlo. El desprecio. Era el desprecio lo que dolía. Yo me había humillado durante toda mi vida, y él, no contento con ponerme los cuernos mil y una veces, me mandaba a la mierda cuando conocía a una amiguita que le hacía más tilín que las otras. Me destrozó la autoestima. Yo... Supongo que esto sonará mal, pero siempre me había tenido por una chica atractiva. Cuando me miraba al espejo me gustaba lo que veía, y sabía que a los demás también. ¿Está mal que lo diga?

–No.

–El caso es que es verdad. Me sentía guapa. Pero de pronto ocurrió aquello y me vine abajo. ¿Tan poco valía yo que mi marido me abandonaba aun habiéndoselo aguantado todo? No era solo eso, se mezclaban muchas cosas, pero eso era lo peor. Ahora me miro al espejo y no me creo lo que veo. No sé si es que he envejecido de golpe o si antes no me veía tal como era, pero estoy horrible.

–No estás horrible, Carmen, para nada.

–Tengo el cuello de una señora mayor. Y los ojos, Dios mío, estos no son mis ojos. Los párpados se me están poniendo pochos. Últimamente he cogido una fobia rara. No me miro al espejo. Me da miedo. Cuando entro en el baño agacho la mirada para no encontrarme con él, y el que tenía en mi dormitorio lo he quitado.

–Grave error –dije–. A los espejos hay que abordarlos de frente. Si huelen nuestro miedo, estamos perdidos.

–Pues entonces yo estoy perdida del todo. Por las mañanas, cuando me levanto, me enjuago la cara en el lavabo sin encender la luz, me siento en el váter, me lavo los dientes, todo con la luz apagada. Me da pánico empezar el día viéndome el rostro. Ni siquiera cuando me peino o cuando me maquillo me atrevo a acercarme mucho al espejo. Lo hago desde lejos, no vaya a morderme.

–A mí me pasó algo parecido cuando empecé a quedarme calvo. Me veía las entradas en el espejo y apartaba la vista, como si así fueran a desaparecer. Pero cuando volvía a mirar seguían allí.

–No es lo mismo –dijo ella.

–¿Por qué?

–Los hombres os quedáis calvos y no pasa nada, es lo más normal del mundo.

–Los calvos no pensamos igual.

–Te rapas la cabeza y listo. Hoy están de moda las cabezas rapadas.

–Pero no las cabezas calvas.

–Yo creo que sí –insistió Carmen–. O, como mínimo, creo que cada vez importa menos. Además, tú estás hecho un chaval.

–Gracias.

–¿Qué edad tienes?

–Treinta y cinco.

–¿En serio?

–¿Qué edad me echabas?

–Veintinueve, treinta.

–No hay tanta diferencia.

–Sí que la hay. De todas formas, te conservas muy bien.

–Tú también te conservas muy bien.

–Hago lo que puedo, pero juego en desventaja por el simple hecho de ser mujer. Muchos hombres se quedan calvos y siguen entrando en las listas de los más *sexys*, y lo mismo pasa con los canosos y con los maduritos en general. Las mujeres, en cambio, a la primera cana, pasamos a la reserva. Nos convertimos en material de desecho.

–Carmen, tú estás muy lejos de ser material de desecho. Estás a años luz. Si te miraras más al espejo, te darías cuenta.

–Gracias. De todas formas, todo esto es secundario. Lo peor no es que haya bajado mi autoestima, lo peor es que mi relación con Mónica es un desastre. Cuando su padre y yo nos separamos, le mentimos. Le dijimos que no había ninguna razón concreta, que simplemente teníamos diferencias. Yo no quiero que odie a su padre, no quiero que crezca con ese odio dentro. Por eso no le he contado la verdad. El problema es que ahora es a mí a quien odia. Cree que yo tengo la culpa, que soy yo la que lo ha dejado a él. No me lo ha dicho, pero lo sé. Me castiga todo el rato con su sarcasmo y sus pullas, y aunque trato de mantener la calma, cada vez pierdo los nervios con más facilidad.

–Yo viví una situación parecida cuando era adolescente –dije–. Mis padres se separaron y durante una temporada me llevé fatal con mi madre.

–¿Después os reconciliasteis? –preguntó Carmen.

–Sí.

–¿Cómo?

–Pasó el tiempo, supongo. Ten paciencia y verás cómo las cosas se arreglan solas.

–Tendré paciencia, aunque no creo que se arreglen solas, no al menos mientras siga teniendo ideas tan brillantes como traerme a Mónica de vacaciones a La Chucha. Y, por si fuera poco, nos toca de vecina una vieja psicópata. Mírala, ahí viene.

La vieja venía caminando hacia la playa en compañía de Mariano. Los perros estaban permitidos y no era raro verlos correr libremente por la arena, pero Mariano era distinto. La vieja a su lado parecía un llavero, y aunque saltaba a la vista que el perro era uno de esos gigantes bobalicones incapaces de matar una mosca, su imponente figura resultaba intimidatoria. Todo el mundo se giró para observarlo, y los demás perros se pusieron a ladrar como locos. La vieja siguió avanzando sin mirar a nadie, la barbilla alta, sonriendo orgullosamente.

–Mira cómo sonríe –observó Carmen–. Le encanta que la miren.

–Puta vieja. Es pura maldad.

–¿Te imaginas que se tropieza y se cae de boca contra una piedra y se parte la crisma?

–O que el perro se vuelve loco y se le tira al cuello.

–Sí, eso –dijo Carmen–. Mariano la tumba y la destripa delante de todos, y la vieja grita y la gente se tapa los ojos y saltan trozos de carne y tendones y cartílagos por todas partes.

–Guau, eres macabra.

–Es esa vieja, que saca lo peor de mí.

La vieja ya había llegado a la orilla. Se remangó los pantalones, se agachó e hizo cuenco con las manos. Se humedeció la cara y la nuca, y luego procedió a hacer lo mismo con Mariano, que permaneció inmóvil mientras ella lo refrescaba. Una vez que hubo terminado se giró y se quedó de pie con los brazos en jarra frente a la concurrencia. Su actitud era altiva, retadora. Parecía querer decir: «Aquí estoy. ¿Me veis bien? ¿Os habéis quedado con mi cara? Pues que sepáis que yo también me he quedado con la vuestra». Uno a uno, miró a los ojos a todos los parroquianos, y no exagero si digo que se me puso la carne de gallina cuando llegó nuestro turno.

–Da grima –dije.

–Solo quiere asustarnos. Se cree la dueña de La Chucha, pero no lo es. Solo es una vieja con un perro grande y bobo, y tarde o temprano va a llevarse un escarmiento si no se anda con cuidado.

La vieja siguió mirándonos durante medio minuto. Después le dio una palmadita a Mariano y emprendió el camino de vuelta a la urbanización. Todos suspiramos aliviados cuando la perdimos de vista.

Carmen se levantó de la toalla.

–Ya te he aburrido bastante por hoy –dijo.

–Será un placer repetir cuando quieras.

–Vale. Otro día sigo por donde me he quedado. –Nos despedimos con un gesto–. Oye –dijo antes de marcharse.

–¿Sí?

–No, nada.

–¿Qué?

–Nada, da igual.

–Dímelo, mujer.

–Era una tontería.

–Carmen –dije.

–¿Sí?

–Si os apetece, os invito a cenar esta noche. Soy un pésimo cocinero, pero podríamos pedir *pizzas* o algo por el estilo, si es que hay por aquí alguna pizzería. Mi terraza da a la playa y de noche se está muy bien.

–Era justo lo que iba a proponerte.

–¿Y por qué no lo has hecho?

–No sé.

–Bueno, pues ya lo he hecho yo. ¿Qué me dices?

–Tengo que preguntárselo a Mónica, pero no creo que diga que no. O sea, si se lo pregunto ahora, dirá que no porque está enfadada, pero en cuanto se le pase le gustará la idea. Le caes bien, y con tal de no pasar otra noche a solas conmigo haría lo que fuera.

–Me avisas entonces cuando sepas algo. Apunta mi número.

Ella sacó su móvil del bolso, apuntó mi número y yo apunté el suyo.

7

Regresé a mi apartamento. Me hice un bocadillo y me senté a comérmelo en la terraza. Al poco apareció Jacinto en el balcón de al lado.

–No te imaginas lo que me ha pasado esta mañana –dijo.

–Sí que me lo imagino.

–Es verdad, se me olvidaba que estabas espiándonos por la mirilla.

–¿Tanto se notó?

–Claro que se notó, fuiste muy torpe.

–Ya.

–Pues eso –siguió Jacinto–, que me pasé de frenada con el cortacésped.

–¿Y no te diste cuenta?

–Iba medio dormido. Me había levantado a las siete, tenía que hacer un montón de cosas y estaba hecho un zombi. La juerga de anoche me pasó factura, pero ya he aprendido la lección. Mientras esa vieja esté aquí, tendré que andarme con cuidado cuando corte el césped. No sabes lo asqueroso que ha sido despegar la mierda de las paredes. Menos mal que no estaba blanda del todo. Ups, perdón, estás comiendo.

–No te preocupes, no me da asco. No sé por qué, pero siempre me han gustado las conversaciones escatológicas. Me encantan esas historias en las que a alguien le da un apretón en el momento más inoportuno.

–A mí también. José María Conget tiene un cuento buenísimo sobre eso. Me reí de lo lindo leyéndolo.

–¿Cómo se titula? –pregunté.

–No me acuerdo, pero creo que está en *Bar de anarquistas*. Si quieres, te lo presto.

–Sí, por favor. ¿Un cuento sobre alguien a quien le da un apretón? Necesito leerlo.

–Pues esta tarde te lo busco.

–Gracias.

Jacinto encendió el cigarro que había estado liando mientras hablábamos.

–Entonces –prosiguió–, ¿cómo te va con Carmen?

–¿Perdón?

–Te he visto hablando con ella. En la playa. Habéis estado un buen rato.

–Así que no soy yo el único que espía.

–Tú eres el único que espía por la mirilla –dijo Jacinto–. Yo lo hago a rostro descubierto, desde el balcón. Es más digno y, además, es inevitable. Si me asomo y os veo sentados juntitos en la toalla, qué quieres que haga, ¿taparme los ojos?

–No, pero podrías ser más discreto y mostrar menos interés.

–Pero es que me interesa. Vamos, no desvíes la conversación. ¿Hay tema o no hay tema?

–No.

–¿Por qué?

–No sé, no me atrae.

–Déjate de tonterías, está buenísima. Si se te pone a tiro y no lo aprovechas, te juro que bajo al patio, cojo un mojón así de gordo y me planto en tu casa con la máquina cortacésped.

Me reí.

–Después te va a tocar limpiarlo –dije–, así que allá tú.

Jacinto dio una calada, soltó el humo y me miró con gesto serio.

–¿No estarás pensando en su hija?

–¿En Mónica? Es una niña.

–Nacho, conmigo no hace falta que seas precavido. Es una niña, sí, pero los dos sabemos que también es preciosa. Cualquier hombre, en un momento de debilidad, podría perder la cabeza por una chica como ella.

–Concedido. Pero yo no he perdido la cabeza.

–¿Seguro?

–Totalmente.

–Entiendes que sería un error, ¿verdad? Un error gravísimo.

–Jacinto, agradezco que te preocupes, pero puedes estar tranquilo. No estoy loco. Jamás se me ocurriría tocarla.

–Me alegra oírlo. La verdad es que después de veros hablando a solas varias veces empezaba a preocuparme. No dudo de ti, pero esa niña, a su manera, es peligrosa.

–Es una buena chica –dijc.

–Lo es, pero se aburre, y por pura diversión puede poner en un aprieto a más de uno.

Asentí.

–Las he invitado a cenar esta noche. Ven tú también.

–No, gracias –contestó Jacinto–, necesito descansar. Estoy mayor y no tengo aguante. Esta noche toca cenar temprano y meterme en la camita.

–Intentaremos no hacer ruido.

–Descuida, tengo un sueño profundo.

Le dio una última calada al cigarro antes de apagarlo.

–¿Cómo es que sales a fumar a la terraza? –pregunté–. Vives solo, no hay nadie en tu casa a quien puedas molestar.

–Los libros.

–¿Molestas a los libros?

–No seas tonto.

–¿Entonces?

–¿Alguna vez has visto lo que les pasa a las paredes de las casas de los fumadores? Se vuelven amarillas y pringosas. Es una guarrada, pero solo son paredes, las limpias y punto. Con los libros hay que tener más cuidado. Si la nicotina llega a impregnar las páginas, ahí se queda. Los libros no se limpian así como así.

–Los pulmones tampoco.

–Cierto, pero a mis pulmones no tengo que rendirles cuentas. Son míos y conmigo morirán. Los libros no. No sé si te has fijado, pero apenas tengo libros de bolsillo. Casi todos son ediciones buenas, y en circunstancias normales deberían durar muchos años. Me gusta pensar que dentro de medio siglo un muchacho tropezará en algún sitio con alguno de mis cinco volúmenes de la *Historia* de Heródoto en Gredos, o con el *Libro de réquiems* de Mauricio Wiesenthal en Edhasa, y que el libro se abrirá de par en par y le animará a asomarse a un mundo desconocido.

–Dudo que dentro de cincuenta años haya todavía muchachos a los que les interese asomarse a esos mundos.

–Yo creo que sí los habrá –dijo Jacinto–. De hecho, creo que les interesará mucho más que a los de hoy. Los chicos de tu generación os revolvisteis contra la literatura porque os enseñaron que era algo respetable. Es natural que por pura rebeldía pusierais vuestros ojos en aquello que, según vuestros padres, era una pérdida de tiempo: los videojuegos y las redes sociales. Pero los chicos de ahora están creciendo en un mundo distinto. Sus padres ya no tienen tan claro que pasarse el día matando marcianitos en la pantalla sea una pérdida de tiempo. Muchos intentan convertir a sus hijos en estrellas de YouTube desde que nacen. Hoy en día, si un niño quiere darles un disgusto a sus padres, lo que debe hacer es decirles que internet no le interesa y que su vocación es la literatura. Mi pronóstico es que en el futuro los niños seguirán haciendo lo que siempre han hecho, rebelarse contra lo útil, lo obligatorio, lo carca. Dentro de unos años rechazarán los videojuegos y fijarán su atención en la única cosa verdaderamente inútil que uno puede hacer en esta vida: leer.

–Eres muy optimista.

–Soy viejo. No estaré aquí para verlo, dc modo que puedo

permitirme fantasear. Prefiero morirme pensando que alguien les sacará partido a mis libros cuando yo ya no esté.

–Y no te equivocas. Alguien les sacará partido si eres inteligente. No tienes más que dejármelos en herencia.

–Ya sabía yo que tu amistad no podía ser gratuita. Los jóvenes no se tratan con los viejos a menos que quieran sacarles algo. Pero me temo que no lo tendrás fácil. Aunque a mis hijos no les interese la literatura, estoy seguro de que, llegado el momento, les interesarán mis libros. Pobrecillos, se llevarán un buen chasco cuando intenten venderlos.

–¿Tienes hijos? –pregunté.

Le cambió el rostro.

–Si no te importa –contestó–, dejamos ese tema para otro día. La tarde está perfecta para echarse una siestecita y sería una pena desaprovecharla. Pasadlo bien esta noche.

Entró en su casa y yo en la mía. Me intrigaba que se mostrara tan esquivo a la hora de hablar de sí mismo, pero no era el momento de pensar en ello. La suave resaca que ya creía olvidada acababa de hacer de nuevo acto de presencia, alimentada por la modorra de después de comer. Me tumbé en el sofá y encendí la tele. Estuve varios minutos cambiando de canal y finalmente lo dejé en uno que emitía un documental sobre extraterrestres, aunque tal vez documental no fuera la palabra justa. La verdadera intención de los realizadores se me escapaba. Por un lado abundaban los efectos especiales, la música estridente y toda la parafernalia que caracteriza a las peores películas de acción, pero, por otro, el colorido mejunje parecía ocultar cierta pretensión científica o filosófica. Un tipo con gafas ovaladas y chaleco de cuero acababa de aparecer en escena. Tras él, una estantería repleta de libros sugería que se trataba de un intelectual, y, por si todavía quedaba alguna duda, en la parte inferior de la pantalla apareció el siguiente rótulo: «Alexander Dixon, experto en metafísica». Experto en metafísica. Nunca había oído nada parecido. Cualquiera con dos dedos de frente habría comprendido que aquello no significaba nada. Era una simple forma de decir que Alexander Dixon no era nadie. Si hubiera sido profesor, el rótulo se habría encargado de especificarlo, y lo mismo si hubiera tenido alguna clase de título. «Alexander Dixon, profesor de Metafísica en la Universidad de Suffolk», «Alexander Dixon, doctor en Filosofía». Nada como un título o un cargo oficial, por nimio que fuera, para someter a los oyentes. Sin título, en cambio, ¿cómo hacer que la masa se tragara sin rechistar lo que uno tuviera que decir? Fácil: unas gafitas de intelectual, una estantería con libros y una credencial imaginaria, pero efectiva: ni profesor, ni doctor ni siquiera licenciado o graduado: experto. El ardid me provocó una sonrisa, aunque también me entristeció pensar que en ese instante, en todo el país, miles de personas le prestaban toda su atención a aquel charlatán.

Alexander Dixon comenzó hablando sobre mitología griega, concretamente sobre el dios sol, Helios, que viajaba por el cielo a bordo de un carro de fuego. ¿De dónde, se preguntaba el experto en metafísica, habían sacado los griegos la extravagante idea de un dios que viajaba por el cielo subido en un carro? ¿La habían extraído de su fecunda imaginación? Era posible, pero también cabía la posibilidad de que Helios y su carro alado, así como los restantes dioses, hubieran sido concebidos a partir de experiencias más enigmáticas. Tal vez los griegos habían sido visitados por misteriosas criaturas voladoras. Tal vez ignoraban quiénes eran y de dónde procedían, y en su esfuerzo por comprenderlas les habían dado nombres propios, Helios, Zeus, Afrodita, las habían transformado en dioses y las habían emplazado en el lugar más inaccesible que les cabía imaginar: la cima del monte Olimpo.

Alexander Dixon se había esfumado de la pantalla al poco de tomar la palabra. En su lugar asistíamos ahora a una representación gráfica de lo que el experto en metafísica narraba. Helios, representado por un joven semidesnudo, macizo y de asombrosos abdominales, sujetaba las riendas de sus caballos y volaba a toda hostia en su carro de fuego. Rasaba la tierra como una exhalación, despertando el asombro de una muchedumbre convenientemente ataviada con sandalias y túnicas blancas. Luego ascendía al monte Olimpo, y a medida que se alejaba de la tierra su aspecto cambiaba y se revelaba su verdadera identidad. Ya no era, tal como les había parecido a los ignorantes terrícolas, un auriga buenorro, sino un bicho verduzco y cabezón, de grandes ojos negrísimos. Y el carro tirado por caballos, naturalmente, era una nave espacial de última generación que en lugar de aterrizar en el monte Olimpo seguía su andadura hacia un planeta lejano.

Una vez que la nave se hubo perdido en la vastedad del universo, Alexander Dixon regresó a la pantalla. «Hemos visto –dijo–, que los griegos, al igual que el resto de las civilizaciones antiguas, avistaron extraños objetos en el cielo. Incapaces de comprender el origen de tan misteriosas visitas, pensaron que debía de tratarse de divinidades. Hoy, sin embargo, a la luz de nuestros conocimientos científicos, comprendemos que eran en realidad criaturas extraterrestres».

Yo no daba crédito a lo que escuchaba. Hasta hacía un par de minutos, las «misteriosas visitas» eran una simple suposición, y ahora se habían convertido en un hecho. Alexander Dixon, experto en metafísica, había pasado, sin más mediación que una simple secuencia animada, de suponer a afirmar categóricamente que «los griegos avistaron extrañas criaturas en el cielo». ¡Y no solo ellos! El resto de las civilizaciones antiguas, a ninguna de las cuales había hecho referencia hasta entonces, también. ¡Eso sí que era hacer magia! Aquel tipo, con los superpoderes que le otorgaban sus gafitas y su ficticio título de experto, había obrado el milagro sin aportar prueba alguna, sin ni siquiera tratar de argumentar sus suposiciones. Había creado extraterrestres a partir de unos dibujos animados.

Yo me había preguntado muchas veces de dónde procedía el creciente interés de todo el mundo por esta clase de asuntos. A menudo, cuando oía decir a alguien que «estaba demostrada» la presencia de extraterrestres en la tierra y que «había pruebas» de un complot de las élites para ocultarlos, me preguntaba cuáles serían esas pruebas y de dónde habrían sacado ellos la información. Ahora al fin lo sabía.

Apreté los dientes. Si había una cosa en el mundo capaz de hacerme echar humo por la nariz, era la charlatanería de los listos como Alexander Dixon. Apagué la tele. Debía salir de casa y distraerme, de lo contrario me pasaría toda la tarde rumiando mi malhumor.

8

Mi coche estaba aparcado en el pequeño llano que mediaba entre la playa y la urbanización. Mientras caminaba hacia él observé al grupo de adolescentes que había llegado esa mañana. Al igual que entonces, estaban sentados en círculo en la arena, aunque esta vez había un chico mayor, de unos veinticinco años, de pie en el centro. Debía de tratarse de una excursión escolar, y él era el monitor. Los chicos y las chicas lo escuchaban sin prestarle demasiada atención. La incontenible energía de sus trece, catorce, quince años les hacía rebullirse todo el rato. Decían tonterías, hacían chistes, se empujaban. Los observé con un dejo de nostalgia. Luego abrí la puerta del coche, y fue entonces cuando reparé en una voz familiar.

–No puedo, *bro*, esta noche ceno con mi madre.

Era Mónica. Estaba sentada en el corro. No la había visto hasta entonces porque la ocultaba la figura de un chico más alto que ella. Vaya, pensé, después de todo sí que le interesaban los chicos de su edad. Y aquella expresión, «bro», no se la había oído decir antes. Conmigo no la había usado. Ni la había usado ni la usaría: yo era un hombre, no un muchacho, y a los hombres no se les llamaba «bro». ¡Y yo que creía que me trataba como a un igual! Qué idiota. Mónica debía de divertirse muchísimo coqueteando conmigo.

Arranqué el coche, puse rumbo a Motril y entré en un supermercado. Recorrí el pasillo de las bebidas, y, justo cuando acababa de localizar lo que andaba buscando, sonó mi móvil. Era Carmen.

–¿*Hello*? –dije.

–¿Nacho?

–*Yes*.

–¿Eres tú?

–*Yes*.

–¿Por qué hablas en inglés?

–No sé, me ha dado por ahí.

–¿Quieres que hable también yo en inglés? –preguntó ella.

–No, por favor. Ya he dicho casi todo lo que sé decir.

–¿De verdad?

–No, pero casi. Además de *yes* sé decir *no*, *house*, *dog* y *I have 35 years old*.

–Querrás decir *I am*.

–Eso.

–En fin –dijo Carmen–. He hablado con Mónica y le parece bien lo de esta noche. ¿A qué hora nos vemos?

–Cuando queráis. ¿A las ocho y media?

–Perfecto. ¿Qué llevo? Puedo preparar algo.

–No hace falta –dije–. ¿Sabes si en el pueblo hay algún restaurante que lleve comida a domicilio?

–Lo dudo. ¿Por qué no preparamos tortilla de patatas?

–Yo lo haría con mucho gusto –dije–, pero dudo que os apetezca probar mi tortilla de patatas.

–La hacemos entre los tres –se ofreció Carmen–. Así, si no sale bien, no se le puede echar la culpa a nadie.

–Buena idea. Por cierto, me llamas en el mejor momento. Estaba haciendo la compra y no sabía qué querríais beber.

–A Mónica le gusta el Aquarius de limón. A mí me gusta todo.

–Conozco un vino buenísimo.

–Estupendo, pero no gastes mucho. No tengo precisamente un paladar exquisito y no notaría la diferencia entre un vino bueno y otro barato.

–Créeme –dije–, no la notarás, porque no la hay.

–No te entiendo.

–Ya me entenderás cuando pruebes Caserío don Pío.

Compré dos botellas, un saco de patatas y una docena de huevos. El sabor agrio que me había dejado Alexander Dixon había desaparecido.

Regresé a La Chucha y pasé el resto de la tarde tirado en el sofá, leyendo y dormitando a ratos. Poco antes de las ocho y media ordené la casa y me duché. Mónica y Carmen llegaron puntuales.

9

–Una ensalada –dijo Carmen entregándome un táper–. No podíamos plantarnos aquí con las manos vacías.

–Gracias, pasad.

Entraron.

–¿A esto lo llamas tú una casa? –dijo Mónica–. Ni unas velitas, ni un póster, nada. Parece la celda de un monje.

–Es que yo *soy* un monje.

–¿Y por qué no llevas túnica?

–La llevo por dentro.

–No es suficiente –dijo Mónica–. Los monjes tienen que llevar algún tipo de atuendo por fuera para distinguirse.

–¿Y acaso yo no lo llevo?

–Si lo llevas, no lo veo.

–Mira mi cabeza –dije.

–La estoy mirando.

–¿Cuánto pelo hay ahí arriba?

–Poco –dijo Mónica.

–Pues eso. ¿Has visto alguna vez a un monje que no esté calvo?

–Es distinto. Tú estás rapado.

–Y calvo.

–Sí, pero así no vale. Los monjes se dejan el pelo largo por abajo para que se les note la loncha de mortadela. A ti no se te nota tanto.

–Algún día me dejaré crecer el pelo para que se me note.

–Ni se te ocurra. Si haces eso, a mí no me saludes cuando me veas por la calle.

–Tú siempre tan delicada –intervino su madre.

–¿Quieres que sea delicada? –me preguntó Mónica.

–No, por favor.

–¿Ves, mamá? Nacho y yo nos entendemos.

–No le hagas caso, Nacho –me dijo Carmen–. Te queda muy bien la cabeza rapada.

–Lo estás estropeando, mamá. Si lo compadeces, se va a sentir mal de verdad.

–Yo no lo compadezco. ¿Por qué iba a compadecerlo? Lo digo en serio. Le queda muy bien.

Mónica me dio un codazo y me guiñó un ojo.

–Mi madre te está tirando los tejos –dijo.

–¡Mónica!

–Estoy de broma, mamá. Relájate. Hemos venido a divertirnos.

Carmen meneó la cabeza.

–Lo que daría yo –dijo– por tener una niña como las de antes. Una que pasara las tardes viendo *Heidi* y jugando a las muñecas.

–No seas antigua –contestó Mónica–. Las niñas de ahora solo queremos *rock and roll.*

Sacudió la melena e hizo como que tocaba una guitarra imaginaria.

–Tortilla de patatas –dije yo.

–Así se habla –añadió Mónica.

–No entiendo nada –soltó Carmen–. ¿Me he perdido algo? En mis tiempos intentábamos construir frases con un mínimo de sentido. Me parece que esta cena se me va a hacer muy larga.

–En cuanto pruebes el vino cambiarás de opinión. Mónica, ¿tú qué bebes?

–¿Tienes Aquarius?

–Tengo.

Serví un vaso de Aquarius y dos de vino.

–No tengo copas –le dije a Carmen–, espero que no te importe.

–Haré un esfuerzo.

–¿Por qué brindamos? –preguntó Mónica mientras levantaba su vaso.

Los tres permanecimos unos segundos con los brazos en alto.

–¿Por las noches de verano? –propuso Carmen.

–Por las noches de verano –repetimos Mónica y yo.

Y brindamos.

Carmen saboreó el vino.

–Está buenísimo –dijo.

–Caserío don Pío. Uno con noventa la botella.

Dio otro sorbo.

–Yo de vinos no entiendo –dijo–, pero este es espectacular.

–Me lo descubrió Jacinto. Anoche cené con él.

–Ya me extrañaba a mí –dijo Carmen– que lo defendieras tanto esta mañana. Os habéis hecho amiguitos.

–Más o menos.

–En solo dos días ya te has hecho amigo de todo el vecindario.

–De todo, no. La vieja, que yo sepa, no es mi amiga.

–Uf, la vieja. No me la recuerdes.

–Tenemos que hacerle algo –dijo Mónica.

–¿Como qué?

–No sé, ¿matarla?

–¿Estás loca? –dijo su madre.

–Es vieja, no podría defenderse.

–Pero está el perro –intervine yo–. Es un monstruo.

–Un monstruo bobo. No creo que mueva un pelo para defenderla.

–Yo prefiero no comprobarlo –dije.

–Tienes razón –reconoció Mónica–, es demasiado arriesgado. Pero algo hay que hacerle. No podemos dejar que se salga con la suya.

Seguimos discutiendo el asunto mientras preparábamos la tortilla de patatas, pero pronto la conversación derivó hacia otro tema.

–No pones interés –me dijo Carmen–, el problema es que no pones interés. Dices que no sabes preparar una tortilla, pero en vez de prestar atención te pones a mirar el techo, abres la nevera, la cierras, la vuelves a abrir.

–Es verdad, me disperso.

–Es machismo –dijo ella–. Es puro machismo. Siempre ha sido así. Cuando entráis en una cocina, los hombres necesitáis demostrar que no es vuestro territorio, que vosotros ahí no pintáis nada, que tenéis mejores cosas que hacer.

–Ahora soy yo el que cree que esta cena se va a hacer larga.

–En esto le tengo que dar la razón a mi madre –dijo Mónica–. Lo he visto mil veces. Un tío va y dice: «No sé cocinar, me gustaría aprender». Pero luego tiene la oportunidad y ¿qué hace?, nada, pasa olímpicamente, sobre todo si hay una mujer delante. Que lo haga ella. Seguro que le sale mejor. Lo lleva en los genes.

–Vale –intervine–, no digo que no haya algo de eso, pero, que yo sepa, nunca he dicho que me gustaría aprender. ¿No podría ser simplemente que no me guste cocinar, igual que no me gustan muchas otras cosas?

–Pongamos –siguió Carmen–, que en vez de preparar una tortilla de patatas, estuviéramos hablando de jugar a un videojuego. No sabes jugar, pero quedas con un amigo para echar un rato y él te dice que tiene un juego nuevo, y se pone a explicarte cómo funciona. Seguro que prestarías más atención.

–Has puesto un mal ejemplo –dije–. La última vez que jugué a un videojuego fue hace quince años.

–¿En serio? ¿Y qué haces cuando quedas con tus amigos?

–Creo que no soy muy de quedar con amigos.

–¿Ves, mamá? –dijo Mónica–. Te dije que era rarito.

–¡Mónica!

–¿Qué, estoy mintiendo? Nacho, ¿eres o no eres rarito?

–Totalmente. De todas formas, para zanjar el tema del machismo, tengo que reconocer que lleváis razón. Cuando entro en una cocina y estoy con una mujer, me distraigo con cualquier cosa.

–¿*Para zanjar el tema del machismo*? –dijo Carmen–. ¿Tú te estás escuchando? No hay nada más machista que un hombre «zanjando el tema del machismo». Por no hablar de la típica condescendencia del macho con sus pobres mujercitas. «Tengo que reconocer que lleváis razón». Tranquilas, preciosas. Aquí hay un hombre que os comprende.

–Señor, ayúdame –dije–. ¿Cómo salgo de aquí?

–¡Las patatas! –gritó Carmen, y corrió a sacarlas de la sartén.

–Salvado por la campana –dije haciendo un gesto de agradecimiento hacia el techo.

–No creas que te escapas. Esto no ha terminado, y vas listo si crees que haciéndote el arrepentido lo arreglas.

Di un sorbo a mi vaso y me acerqué a la sartén.

–Entonces –dije–, el truco está en dejar que las patatas se doren mucho.

–¡Ahora no hagas como que te interesas! –respondió Carmen–. Sabes perfectamente que se han quemado.

–¿De verdad? No me había dado cuenta.

–Mónica, dale una colleja –ordenó.

Mónica obedeció. Me dio un tortazo en el cuello y luego salió corriendo para protegerse de posibles represalias.

–Me has pegado –dije rascándome el cuello.

–¡Yo solo obedezco órdenes! Mi madre es la responsable.

–Esto es increíble. Venís a mi casa y me maltratáis.

–Tú te lo has buscado –dijo Carmen.

El tortazo me había confundido de veras. Me picaba el cuello, y las dos copas de vino que me había tomado empezaban a marearme. Miré a Mónica y a Carmen, a Carmen y a Mónica. ¿Por qué me sentía tan a gusto con ellas? ¿De dónde habían salido? ¿Me las había enviado Dios para compensarme por mis desdichas? Sentí deseos de abrazarlas, de saltar, de gritar: «¡Gracias!».

Hubo que tirar las patatas, pero la siguiente tanda quedó en su punto y la tortilla fue un éxito. Nos sentamos a cenar en el balcón.

–Qué envidia de terraza –dijo Carmen–. Ojalá pudiera yo sentarme en la mía sin miedo a que esa bestia aparezca en cualquier momento.

–Y tienes vistas al mar –añadió Mónica.

–Sí, la verdad es que es todo un lujo.

Hubo un instante de silencio. Los tres nos llevamos un trozo de tortilla a la boca y después dimos un sorbo a nuestros vasos.

–¿A qué te dedicas, Nacho? –preguntó de pronto Carmen.

–*Bang* –soltó Mónica–. ¡Directo a la mandíbula! Buen golpe, mamá.

–Llevo toda la tarde pensando en preguntártelo –confesó Carmen–, pero no sabía cómo. No tienes que responder si no quieres.

–Tranquila, no pasa nada. Soy escritor, creo.

–¿Crees? –preguntó Mónica.

–No estoy del todo seguro.

–¿Cómo puedes no estar seguro? Lo eres o no lo eres.

–Digamos que sí.

Di un nuevo sorbo a mi vaso. Ya nos habíamos bebido casi una botella.

–¿Y has venido aquí –dijo Mónica– en plan retiro, en busca de inspiración para tu próximo libro? Como en la peli esa, cómo se llama, esa peli de un escritor que se va a una casita en el campo y aparece una loca que resulta ser su mayor admiradora.

–*Misery*.

–Esa. Buenísima. ¿Vienes en ese plan?

–Vengo a pasar el verano. Después ya veremos.

–Molaría que te quedaras aquí en invierno, cuando esto se quede vacío, y apareciera una loca como la de la peli y te secuestrara.

–Molaría muchísimo –dije.

Unos gritos interrumpieron la conversación. Venían de fuera, de la noche. Era la voz de un chico y gritaba el nombre de Mónica. «¡Mónica! ¡Mónicaaaa!» Su madre y yo la miramos.

–Parece que te llaman –dije.

Mónica estaba paralizada por la vergüenza. Se agachó para que no pudieran verla desde la calle. Carmen y yo nos asomamos al balcón.

–Hola –dijo Carmen.

–Hola –respondió el chico mientras levantaba la vista hacia nosotros–. Perdonen, no quería molestar.

–¿Buscas a Mónica?

–Mamá... –susurró Mónica desde un rincón al tiempo que negaba con la cabeza.

–Sí –dijo el chico.

–Es mi hija.

–Ah, pues... –Se bloqueó–. Es que no sabía dónde vivía y no tenía su número. Por eso me he puesto a gritar.

–¿Le pido que se asome? –preguntó Carmen.

–Vale.

Carmen se volvió hacia su hija.

–Mónica, asómate. –Mónica seguía escondida. Echaba fuego por los ojos–. Vamos, no seas tímida. Ha venido un chico a buscarte.

Ella se levantó y se asomó. Carmen y yo nos sentamos.

–Hola –dijo él.

–¿Qué quieres?

–Estamos allí, en la playa. ¿Te bajas?

–No sé.

–Estamos todos. Íbamos a jugar al juego del pañuelo, pero nos falta una. Somos seis en un equipo y cinco en el otro. Bájate, porfa. Solo un ratito.

Mónica pareció pensárselo. Luego giró el cuello hacia su madre. Carmen se asomó de nuevo al balcón.

–¿Dónde dices que estáis?

–Allí, en la playa –dijo el chico–. Los monitores también están. No nos dejan salir solos de noche.

Yo me erguí y observé la playa sobre la barandilla. Estaba a oscuras y no era fácil distinguir las figuras, pero llegaba hasta nosotros con cierta nitidez el eco de sus gritos y de sus risas.

Carmen miró la hora en el móvil. Eran las diez y cuarto.

–Te quiero de vuelta dentro de una hora –le dijo a Mónica.

–Vale.

–Y no os mováis de la playa, quiero teneros a la vista.

–Vale.

–Lo digo en serio. Voy a quedarme aquí, en el balcón, y voy a estar vigilando todo el rato. Si veo que os movéis, bajo y me pongo a gritar como una loca.

–Que sí, mamá.

–De todas formas, llévate el móvil. Cualquier cosa, me llamas.

Mónica se guardó el móvil en el bolsillo.

–Os dejo solitos –dijo–. Sed buenos.

Cuando se hubo ido, Carmen y yo nos asomamos al balcón. La vimos salir a la calle y reunirse con el chico. Antes de ponerse en marcha, Mónica se volvió hacia nosotros.

–¿Me estáis espiando?

–Sí –dijo su madre.

–¿Y si me escapo? En la playa no hay luz, no podrías encontrarme.

–Sabes perfectamente que te encontraría.

–Eso habría que verlo –respondió Mónica–. Bueno, lo dicho, no hagáis nada malo.

Se alejó meneando las caderas con todo el descaro de que era capaz. Carmen y yo volvimos a sentarnos.

–Consuélate pensando que solo tiene catorce años –dije–, y que lo peor todavía está por llegar.

–Magnífico consuelo. Gracias.

Hice ademán de llenar los vasos, pero la botella se había acabado.

–¿Quieres que abra otra? –dije.

–Sí, por favor.

Fui a por otra botella y regresé a la terraza.

–¿Y tú a qué te dedicas? –pregunté mientras llenaba los vasos.

–Soy *personal trainer*.

–Ah.

–Entrenadora personal.

–Sé lo que significa *personal trainer*.

–¿Seguro?

–No.

–Preparo planes de entrenamiento y cosas así.

–Interesante. ¿Te gusta?

–Mucho. Es bonito trabajar con alguien y ver cómo va cambiando, cómo se transforma, no solo por fuera, sino también por dentro. El deporte tiene ese poder. Más que los músculos, lo que de verdad fortalece es la voluntad. Muchos de los que vienen a verme están para el arrastre, no han movido un dedo en su vida y poco a poco se han ido convirtiendo en bultos. No es que no sean capaces de correr una maratón, es que ni siquiera son capaces de levantarse de la cama sin antes pasarse cinco minutos resoplando. Hay que moverse, aunque sea un poco. Si no, es fácil que te gane la apatía. Mi trabajo, en realidad, no consiste tanto en engrasar la máquina como en motivar, en animar, en hacer que la gente crea en sí misma.

–Parece bonito.

–Lo es. Ayudas a los demás a cambiar, a ponerse a punto. Y suelen quedarte muy agradecidos.

–A mí podrías echarme una mano con la puesta a punto –dije.

–Claro, cuando quieras. Te he estado observando en la playa y parece que estás en forma, aunque eso no hay manera de saberlo a simple vista. Tendríamos que hacerte unas cuantas pruebas. A bote pronto, podría ir adelantándote un par de cosas, pero no mucho.

–¿Por ejemplo?

–Los abdominales. Está claro que tienes que trabajarlos más.

–Pero ¿qué dices? Mis abdominales están de puta madre.

–Si tú lo dices…

–¿Quieres que te los enseñe?

–Vale.

Dudé. Me imaginé a mí mismo levantándome la camiseta y apretando los abdominales. Ridículo.

–Joder, no. Me estás intimidando.

–Soy entrenadora personal, esto para mí es pura rutina. Levántate la camiseta.

–Ni de coña. Ya te has reído bastante de mí.

–No seas tonto. –Intentó levantarme la camiseta, pero me resistí–. Si ya te he visto otras veces –dijo.

–Es distinto. Las otras veces no sabía que estabas inspeccionándome.

–Qué tonto. Como quieras, pero que sepas que la próxima vez que te vea en la playa te haré un chequeo en toda regla.

–Y te llevarás una sorpresa. Estoy hecho un toro y puedo demostrártelo cuando quieras. Te reto a una carrera.

Soltó una risita.

–No creo que sea buena idea –dijo–. A los hombres no suele sentaros bien que una mujer os humille.

–En serio, te reto. Tú pones las condiciones.

–Vale, pero solo si me prometes que no vas a sentirte herido.

–Te digo que estoy en forma. Corro un montón.

–Bueno. Si quieres, mañana mismo. Ir y venir a Calahonda por el paseo marítimo.

–Hecho. –Me arrepentí en el mismo momento de decirlo. ¿Había hablado demasiado rápido? No sabía qué distancia había entre La Chucha y Calahonda–. Un momento –dije cogiendo el móvil–, voy a comprobar la distancia.

–Ida y vuelta son ocho kilómetros.

–Ah, vale, pensaba que eran más. Pues entonces hay trato. Prepárate, *Miss Personal Trainer*, porque vas a sufrir una dolorosa derrota. ¿Mañana, entonces?

–Tempranito, antes de que apriete el calor.

–¿A las once?

–¿Eso es temprano para ti? –dijo Carmen.

–¿A las diez y media?

–Yo había pensado a las nueve.

–¿A las nueve? –protesté–. Quieres matarme.

–Si no te sientes capaz…

–No se hable más –dije–, a las nueve. –Apuré mi vaso y lo solté en la mesa–. Se acabó el vino por hoy, mañana tengo que estar fresco. –Sin embargo, aún no había terminado de pronunciar la frase cuando mi brazo, completamente ajeno a mi voluntad, se alargó hacia la botella–. Pensándolo mejor, un vasito más no me hará daño. Caserío don Pío no es como los vinos normales. No da resaca.

Llené los dos vasos, los hicimos chocar y bebimos. Yo estaba sentado de frente al cielo nocturno, y Carmen, de espaldas. Se levantó, desplazó su silla y la puso a mi lado, de modo que también ella pudiera contemplarlo. La baranda del balcón nos impedía ver la playa, pero la suave brisa del mar transportaba hasta nosotros el eco de las olas y los gritos lejanos de Mónica y sus amigos.

–Se está bien aquí –dijo Carmen.

–Sí.

Se quitó las chanclas y extendió las piernas hacia una silla vacía.

–¿Te importa? –preguntó.

–Claro que no, ponte cómoda.

Apoyó los pies en la silla. Al estirar las piernas, el borde inferior de sus *shorts* trepó por sus muslos hasta las ingles.

Cogió su vaso y dio un sorbo.

–Estoy un poco borracha.

–Yo también.

Frente a mí había otra silla vacía. Me quité yo también las

chanclas y la imité. Mis pantalones no eran tan cortos como los suyos, pero el borde inferior se replegó lo bastante para dejar al descubierto la mitad de mis muslos.

–Tengo que reconocer que no están mal para un escritor –dijo.

–¿El qué?

–Los cuádriceps. –Alargó una mano hacia mi muslo derecho y lo presionó levemente. La deslizó hasta la rodilla y luego de nuevo hacia arriba–. ¿Sabes cómo se llama este músculo? –dijo.

–No.

–Vasto interno. –Movió la mano muy despacio hacia la cara exterior del muslo–. ¿Y este? –Negué con la cabeza–. Es el vasto externo. Un poco más arriba, justo aquí, empieza el vasto intermedio. –Me acarició el muslo con suavidad–. ¿Lo notas?

–Sí.

–Y si subimos un poco más –introdujo la mano bajo el pantalón–, llegamos al sartorio.

Su mano acariciaba mi ingle. Yo veía sus nudillos moviéndose bajo la tela de las bermudas. Noté calor en la entrepierna, y en apenas unos segundos la erección fue completa. Con su mano libre, Carmen cogió mi mano derecha y entrelazó sus dedos con los míos, mientras con la otra seguía acariciándome la cara interior del muslo. Después, muy despacio, me hizo llevar la mano a su pierna. La acaricié. Introduje las yemas de los dedos bajo el elástico de los *shorts* y ella hizo lo mismo con mis calzoncillos. Su respiración se hizo más profunda. La mía también. En ese momento sonó su teléfono.

Los dos dimos un brinco. Poco faltó para que me diera un infarto. Tenía el corazón a cien.

Era Mónica. Llamaba para decirle a su madre que regresaba antes de lo previsto. El grupo se había marchado y ella ya estaba de camino.

–Nos vemos en casa –dijo Carmen–. No subas, ya bajo yo. En realidad estaba esperando a que volvieras para irme. Es tarde y ya hemos molestado a Nacho más de la cuenta. –Cuando colgó se quedó unos segundos de pie, mirando el móvil con rostro pensativo–. ¿He sonado rara? ¿Crees que habrá notado algo?

–No creo.

–Esta niña lo pilla todo al instante. Con ella hay que andarse con pies de plomo.

–No te preocupes, no creo que hayas sonado rara.

La acompañé a la puerta.

–Entonces… –dijimos los dos a la vez.

–Perdona, habla tú –dijo ella.

–No, dime.

–Te iba a preguntar si lo de mañana sigue en pie.

–Yo iba a preguntarte lo mismo.

–Pues… Como quieras –dijo.

–Por mí, sí.

–Perfecto. ¿A las nueve entonces?

–A las nueve.

Nos dimos las buenas noches y cerré la puerta.

Me masturbé en el sofá. Cuando hube terminado salí al balcón y empecé a recoger los platos, pero algo llamó mi atención mientras lo hacía. Unos maullidos. La noche anterior, al regresar del apartamento de Jacinto, también los había oído, pero estaba demasiado borracho para darles importancia y me había quedado dormido nada más tumbarme en la cama. Esta vez, en cambio, estaba un poco más sobrio y los maullidos despertaron mi curiosidad.

Apoyé las manos en la barandilla y me asomé a la noche. Un gato había entrado en el jardín de la piscina y se lamía una pata bajo la farola. No había en los alrededores más luz que aquella, y allí donde acababa su cerco luminoso comenzaba la oscuridad. En el exterior del recinto, en el llano que hacía las veces de aparcamiento, otro gato caminaba sobre la grava. Se movía en zigzag en una zona de penumbra, tornándose borroso o claramente discernible según se acercaba o se alejaba de la farola. Un poco más lejos, ya en plena oscuridad, dos puntitos brillantes delataban la presencia de un tercero. ¿Sería el autor de los maullidos? En respuesta a mi pregunta los puntitos parpadearon y desaparecieron; los maullidos siguieron oyéndose sin la menor variación. Orienté la oreja derecha hacia la noche y me pareció que procedían de la playa. Probé con la izquierda y me pareció que procedían del lado opuesto, de la parcela de cañaverales que nos mantenía aislados de la civilización. Había algo raro en aquellos maullidos. Eran monótonos, regulares, pero no tenían el timbre estridente que había observado otras veces en los maullidos de los gatos en celo. Me sentía intrigado. Decidí bajar y echar un vistazo.

El gato que descansaba junto a la piscina dejó de lamerse la pata al verme aparecer en el jardín. Me siguió con la mirada mientras yo me dirigía a la salida. Abrí la verja, pero antes de franquearla me detuve a escuchar los maullidos, que seguían oyéndose con claridad. Procedían de algún punto situado al frente y a la izquierda, es decir, de los cañaverales. Avancé despacio, procurando no romper el silencio de la noche, pero no era fácil caminar sobre la grava sin hacer ruido. El gato debió de asustarse al oír mis pasos, porque los maullidos se interrumpieron. Permanecí de pie, muy quieto, durante un minuto, hasta que por fin se reanudaron. Reinicié la marcha. Esta vez avancé todo lo despacio que pude, poniendo un cuidado extremo en cada movimiento. Los maullidos, sin embargo, volvieron a interrumpirse, y yo volví a detenerme. El proceso se repitió varias veces. Me hallaba ya en el borde del cerco luminoso. A mi espalda quedaban la farola y el bloque de apartamentos. A mi derecha, la playa a oscuras. A mi izquierda, la gran mancha negra de los cañaverales. Y frente a mí, en penumbra, las formas borrosas de algunos coches aparcados. Avancé hacia uno que estaba estacionado al borde del cañaveral y comprobé que los maullidos procedían de allí, del interior del coche. Del motor, para ser exactos. El gato debía de haberse quedado atrapado tras entrar en busca de cobijo.

Me agaché y metí la cabeza debajo del coche. La oscuridad allí era total.

–Gatito –dije.

No respondió. Se había hecho el silencio. Me erguí y traté

de abrir el capó, pero no me esforcé demasiado. No quería que saltara la alarma y me tomaran por un ladrón. Volví a agacharme y me tumbé bocarriba, con la espalda apoyada en la grava y el tronco entero introducido bajo el coche. Intuía las formas confusas del motor, tubos, válvulas, cables, pero seguía sin ver ni oír al gato. Pasé cinco minutos allí tumbado, y ya comenzaba a amodorrarme cuando lo oí. Parecía estar muy cerca, a solo unos centímetros de mi rostro.

–Gatito –dije, y volvió a guardar silencio–. Vale, me callo.

Unos minutos más tarde reanudó su letanía. Yo continué a su lado un buen rato y pude comprobar que maullaba cada vez con menos fuerza. Si llevaba allí encerrado desde la noche anterior, sin comer ni beber, debía de estar exhausto.

Regresé a mi apartamento y escribí una nota en un trozo de papel. «Hay un gato atrapado en el motor. Por favor, asegúrese de sacarlo antes de arrancar. Gracias». La dejé en el parabrisas del coche, sujeta con la varilla. De momento, decidí, no podía hacer nada más.

Tardé más de dos horas en dormirme. Los maullidos entraban por la ventana abierta. De vez en cuando se intensificaban y sonaban casi furiosos, como si el pobre animal estuviera impacientándose, pero aquellos arranques no duraban mucho. A los pocos segundos el gato perdía fuelle y durante los minutos siguientes sus maullidos sonaban apagados, apenas más audibles que el rumor del cañaveral.

10

Por la mañana, a las nueve menos diez, recibí un mensaje de Carmen. «¿Listo?» Tardé unos minutos en responder. Había pasado una mala noche. Los maullidos del gato y la media botella de vino que llevaba en el cuerpo me habían provocado un sueño intranquilo. Lo último que me apetecía era correr ocho kilómetros, pero no habría sido elegante echarme atrás en el último momento, de modo que contesté que sí, que estaba listo, y nos reunimos en la entrada del bloque.

–Que conste –le advertí–, que no he dormido bien.

–¿Todavía no hemos empezado y ya estás poniendo excusas?

Le expliqué lo del gato y le pedí que me acompañara a echar una ojeada. Caminamos hasta el coche. Allí estaba la nota que había dejado la noche anterior, sujeta con el limpiaparabrisas. Pegué la oreja al capó. Carmen hizo lo mismo.

–No se oye nada –dijo.

–Debe de estar dormido. Los gatos son nocturnos, ¿no?

Me metí debajo del coche, pero, pese a que era un día luminoso, no conseguí verlo.

–¿Lo ves? –dijo Carmen.

–No.

–A lo mejor ya se ha ido.

–Puede. –Salí de debajo del coche–. No sé, es raro. Dos noches seguidas maullando sin parar. Yo juraría que está atrapado y que sigue ahí dentro.

–Podríamos preguntarle a Jacinto si sabe quién es el dueño.

–Buena idea.

–Pues vamos –dijo Carmen.

Me pareció detectar un leve deje de decepción en su voz.

–Ya iré a verle luego –dije–, cuando terminemos la carrera.

–¿Seguro? A mí no me importa, de verdad.

–No te preocupes. Vamos a correr. Estás a punto de descubrir lo que es capaz de hacer un escritor cuando le retan.

–Eres tú el que me ha retado a mí, pero, en fin, como quieras. ¿Has calentado?

–Sí.

Me miró con severidad.

–Sabes que el calentamiento es muy importante, ¿verdad?

–Sí, entrenadora.

–No quiero cargar con una lesión sobre mi conciencia.

–Los escritores no nos lesionamos. Estamos hechos de otra pasta.

–Allá tú. Entonces, ¿listo?

–Listo.

Agradecí que Carmen arrancara con un trotecito suave. Empezar muy despacio e ir aumentando la velocidad poco a poco era mi forma de calentar. Una vez que hube superado la barrera mental del cansancio, que en mi caso solía llegar a los tres minutos, empecé a sentirme bien. No era un atleta, pero estaba en forma. No fumaba, apenas bebía y corría una media de diez kilómetros diarios. ¿Por qué no iba a poder plantarle cara a Carmen? Decidí seguir el ritmo que ella marcara, estudiarla, medir sus fuerzas tanto como las mías. Observé que, tras aumentar el ritmo de manera gradual durante diez minutos, pareció encontrar una cadencia en la que se sentía cómoda, y si bien era ligeramente superior a la que yo solía llevar cuando corría solo, me sentía capaz de aguantar el tipo e incluso de meter una marcha más. De momento, sin embargo, opté por ser cauteloso. Sabía que Carmen podía, si quería, correr más rápido, y no era prudente ponerla a prueba sin saber dónde estaba su límite. Seguimos así unos minutos. Llegamos a Calahonda e iniciamos el regreso. Todo parecía marchar sobre ruedas, pero no habíamos avanzado ni doscientos metros cuando Carmen hizo un brusco cambio de ritmo que me pilló desprevenido. Mi corazón se puso a bombear tan fuerte que podía sentir los chorros de sangre golpeándome el cerebro. Me esforcé en no quedarme atrás y lo conseguí durante medio kilómetro, pero luego empecé a ceder. La vi alejarse, aunque no demasiado. Quedaban tres kilómetros y Carmen marchaba cincuenta metros por delante de mí. Cincuenta metros era una ventaja notable, pero no definitiva. ¿Sería capaz de remontar? No lo sabía. Por un lado, no estaba acostumbrado a correr a ritmos tan altos, pero, por otro, yo solía hacer diez kilómetros diarios y aquella carrera era de ocho, de manera que podía permitirme un pequeño gasto extra de energía. Además, el último kilómetro era mi especialidad. Por muy agotado que llegara a los últimos mil metros, siempre encontraba fuerzas para hacer un largo esprint. La pregunta era si eso bastaría para dar caza a Carmen. Y la respuesta, empezaba a comprenderlo, era no. El ritmo frenético que había impuesto me estaba pasando factura. Tenía las pulsaciones por las nubes. Grandes goterones de sudor colgaban de mis cejas. Me quité la camiseta, hice un gurruño con ella y la sostuve en una mano, luego en la otra, pero el esfuerzo de mantener los dedos apretados me provocaba dolores en el hombro, de modo que la tiré. Me ahogaba. No podía más. Di un tropezón y estuve a punto de caerme. De ahí en adelante corrí sin apartar la vista del suelo, pero tenía la visión tan nublada por el sudor y por el cansancio que no lograba enfocar más allá de dos metros, de manera que tuve que inclinar el cuello al máximo para ver dónde ponía los pies. La postura resultaba antinatural y enseguida empezaron a dolerme las cervicales. Era un dolor insoportable, aunque nada en comparación con el que sentía en el pecho. ¿Debía preocuparme por mi salud? ¿Había riesgo de infarto? Ya había decidido abandonar cuando levanté la vista y vi que la ventaja de Carmen se había reducido considerablemente. ¡No nos separaban ni diez metros! El cansancio desapareció de golpe. Es decir, no desapareció en absoluto, pero recibí un chute de adrenalina que me hizo concebir esperanzas. Si lograba alcanzar a Carmen, sería capaz de terminar la carrera. Tal vez me diera un infarto al llegar a meta, pero llegaría. Hice un último esfuerzo y la distancia siguió acortándose. La tenía a cinco metros. A cuatro. A tres. A dos. La alcancé. ¡La había alcanzado! Mi corazón, que llevaba un rato latiendo muy por encima de sus posibilidades, latió todavía más fuerte, impulsado ahora por la alegría. Sin embargo, cuando le vi el rostro comprendí que me había hecho una idea equivocada de la situación. Carmen apenas sudaba. Sonreía y parecía fresca como una lechuga.

–¿Qué tal vas? –me preguntó. Yo intenté decir algo, pero al hacerlo me sobrevino un eructo con sabor a vómito–. Último kilómetro –dijo ella–, último esfuerzo.

Y salió disparada a una velocidad asombrosa.

El resto del camino fue un martirio. Perdí toda mi energía de golpe. Mis brazos y mis caderas se balanceaban como si todavía corriera, pero en realidad iba andando.

Cuando llegué a la meta encontré a Carmen en la playa, estirando sobre una esterilla. Llevaba puesto el bikini. Le había dado tiempo a ir a su apartamento y cambiarse de ropa.

–No has jugado limpio –dije.

–¿Yo?

–Has abusado de mí. No debería ser legal correr de esa forma.

–Lo que no debería ser legal es correr como *tú* has corrido. Tendrías que haberte visto. Dabas mucha lastimita.

–Ríete ahora que puedes. Ya llegará mi turno.

–¿Me estás proponiendo una revancha?

–Jamás.

Me subió a la garganta otro eructo con sabor a vómito. Escupí en la arena.

–¿Y tu camiseta? –me preguntó.

–Pesaba demasiado.

–¿Pesaba demasiado?

–Sí.

–Vaya, la camiseta pesaba demasiado. Así que es a esto a lo que los escritores llamáis correr.

–Te juro que creía que estaba en forma.

–Muchos lo creen.

–Pero yo lo creía de verdad.

–Muchos lo creen de verdad.

Volví a escupir en la arena. No se me iba el sabor a vómito. Era asqueroso.

–Si hubieras calentado –dijo Carmen–, a lo mejor habrías aguantado más.

–¿Tú crees?

–No, solo intentaba consolarte.

Me senté en la arena.

–Estoy reventado. Me muero, de verdad. ¿Crees que es posible que me esté dando un infarto?

–No, pero más vale que estires. Si no, vas a estar varios días acordándote de esto.

–Créeme, me acordaré de todas formas.

Me cogió un pie y me obligó a estirar la pierna. Un calambre me contrajo la pantorrilla y me subió por el muslo hasta el coxis. Intenté zafarme.

–Estate quieto. Túmbate. Así.

Obedecí. Ella me hizo levantar las piernas, las movió hacia un lado y hacia el otro, me dobló la espalda, el cuello y la cadera. Durante el proceso oí crujidos y sentí pinchazos y mareos y calor, pero cuando hubo acabado me sentí tan relajado que habría querido seguir así para siempre.

–Si no te importa –dije mientras me acurrucaba sobre la arena–, voy a dormir un rato.

–Te va a entrar arena en todas partes. Ponte por lo menos la esterilla debajo.

Yo hice un gesto negativo con la cabeza. Las fuerzas no me daban para más. Cerré los ojos y me quedé dormido.

11

Cuando me desperté, lo primero que vi fue un patito amarillo nadando entre nenúfares. Me costó entender lo que tenía ante los ojos. Era el estampado de la sombrilla de Mónica.

–Menuda siesta te has echado –dijo–. Si no te llego a traer la sombrilla, te habría dado una insolación.

Me incorporé. Me sentía como si me hubieran metido en un saco y me hubieran arrojado por una colina.

–¿Qué hora es?

–Las tres. Has dormido cinco horas. Seguro que has batido algún récord. Sueño diurno sobre arena de playa o algo así.

Me rasqué la espalda. Me picaba todo el cuerpo. Tenía arena en las orejas, en las axilas y dentro de los calzoncillos.

–Me pica todo.

–Normal. Mi madre y yo intentamos ponerte una toalla debajo, pero no había quien te moviera. Te ha dado una buena paliza, ¿verdad?

–Sí.

–Hiciste mal en retarla. Es una máquina. Yo también corro, pero ella, de momento, me gana. Podríamos echarnos una carrera algún día.

–No, gracias. Con lo de hoy he tenido bastante. –Me desperecé–. ¿Qué tal anoche? –pregunté.

–¿Anoche?

–Con tus nuevos amigos. Ya sabes, con tus *bros*.

–No sigas por ahí, Nacho.

–¿Por ahí? ¿Por dónde?

–Cuidadito.

–Creía que los chicos de tu edad eran… ¿Cómo los llamaste? Lerdos.

–Te he dicho que tengas cuidadito.

–Me habría gustado veros. Todos los *bros* juntos jugando al juego del pañuelo.

–¿Cómo prefieres el tortazo, con la mano abierta o cerrada?

–Vale, ya me callo.

–¿Y tú? –preguntó ella–. ¿Qué tal anoche?

La miré de reojo. Me pareció que bajo el tono socarrón afloraba un destello grave. Recordé la conversación que había mantenido con Carmen la tarde anterior. Si era cierto que Mónica estaba resentida con ella, si era cierto que la acusaba de haber abandonado a su marido, no era sensato que ahora, solo un año después y durante un viaje pensado para que madre e hija se reconciliaran, Carmen y yo tuviéramos una aventura. Debía hablar con Carmen. No estaba seguro de qué nos traíamos entre manos, pero fuera lo que fuese había que pararlo.

–¿Anoche? –dije–. Bien. La tortilla de patatas estaba deliciosa.

–¿Os divertisteis cuando me fui?

–Te echamos de menos, pero era de esperar que tarde o temprano nos abandonaras. Cuando un *bro* llama a la puerta, hay que atender la llamada.

–Veo que estás decidido a morir joven –dijo ella mientras me lanzaba un tortazo.

–Gracias por lo de joven –contesté tras esquivarla hábilmente.

–No te emociones, era un decir.

–¿No te parezco joven?

–No. Joven soy yo. Tú, como mucho, eres viejoven.

–Ya veo, entre tu madre y tú os habéis propuesto hundirme, pero no lo conseguiréis. Soy fuerte. –Apreté los abdominales para demostrarlo–. Y ahora, si me permites, voy a ver si me queda algo en la nevera, porque estos músculos necesitan carburante.

Camino de la urbanización me acerqué al coche en el que estaba atrapado el gato. Di unos golpecitos en el capó, pero no se produjo ni el más leve ruido en respuesta. La hipótesis de que hubiera logrado escapar parecía cada vez más plausible. También cabía la posibilidad de que hubiera sucumbido al cansancio y a la falta de agua y de comida, pero esta idea era tan melodramática que la descarté en el acto. Me marché. Ya regresaría por la noche para comprobarlo.

Saqué de la nevera los restos de la tortilla de patatas y, como de costumbre, me senté a almorzar en la terraza. Jacinto, también como de costumbre, salió a hacerme compañía.

–¿Tienes un radar que te hace salir a la terraza cada vez quc yo salgo? –pregunté.

–¿Un radar? ¿Crees que solo salgo cuando tú sales? Eso suena un poco *Nachocéntrico*, ¿no crees? Salgo a fumar veinte veces al día. De esas veinte, coincido contigo *una o dos veces*. Las dieciocho restantes no me ves, porque no estás en tu balcón, pero he aquí que *una o dos veces al día* coincidimos, y como no puede ser de otro modo, deduces que solo salgo a la terraza cuando tú sales. Sería interesante analizar esa conclusión desde el punto de vista de la lógica formal.

–Tienes razón, no había pensado en eso. Supongo que sí, que soy un poco egocéntrico.

–Tranquilo, lo somos todos. Además, la verdad es que sí tengo un radar. En cuanto te oigo salir a la terraza me asomo en busca de conversación. Soy viejo, estoy solo, me aburro, y tú eres el único que me da charla.

–Ya me parecía a mí. Era demasiada casualidad que aparecieras siempre que salgo.

–Tampoco es eso. Siempre, lo que se dice siempre, no aparezco. Anoche no aparecí.

Lo miré. ¿Había una insinuación en sus palabras? Lo imaginé acuclillado en el balcón, protegido por la pared que separaba su terraza de la mía, escuchándonos a hurtadillas mientras Carmen y yo tonteábamos.

–¿Nos espiaste? –pregunté.

Se puso serio.

–Yo nunca haría eso.

Por el tono que empleó me pareció que se había ofendido.

–Perdona –me disculpé–. Por supuesto que no nos espiaste. Solo estaba...

–Tranquilo, hombre. No pasa nada. Cuando me pongo serio parece que estoy enfadado, pero no lo estoy. No os espié. Ahora bien, eso no quiere decir que no me muera de ganas de saber cómo fue la noche. ¿Hubo tema o no hubo tema? –Yo dudé antes de responder–. No me digas que hubo tema –dijo–. No me lo esperaba. ¿Y la niña? ¿Qué hicisteis con ella, la mandasteis a dormir?

–Para, Jacinto, para, que te embalas. No hubo tema. Estuvo a punto de haberlo, pero no lo hubo.

–¿Por qué?

–Mónica nos interrumpió.

–Putos niños.

–En realidad fue una suerte. No estaría bien que Carmen y yo nos liáramos.

Le expliqué la situación. Él asintió pensativo.

–No conocía la historia –dijo–. Haces bien en ser prudente. La chica debe de estar pasándolo mal, y si su madre hace una tontería en un momento tan delicado, podría llegar a odiarla mucho. Los hijos no perdonan así como así, lo sé por experiencia. A mí los míos nunca me han… –Aguardé a que continuara, quería escuchar su historia. Pero, tal como había hecho en otras ocasiones, también en esa ocasión dio marcha atrás–. Haces bien en ser prudente –repitió. Y luego, tratando de volver a sonar desenfadado–: Lástima, porque Carmen tiene las piernas más espectaculares que he visto en mi vida.

Me habría gustado explicarle que podía confiar en mí, que podía abrirme su corazón, pero no quise presionarlo.

–Sí –dije–, tiene un cuerpazo. Por cierto –añadí mientras me acercaba a la barandilla y señalaba en dirección al descampado–, ¿sabes de quién es aquel coche?

–¿Cuál?

–El Peugeot azul que está justo al lado del cañaveral.

–Ni idea, será de algún inquilino. ¿Por qué lo preguntas?

–Creo que hay un gato atrapado en el motor.

Jacinto me miró con cara rara.

–¿Estás seguro? –preguntó.

–Creo que sí. Llevo dos noches escuchándolo. Ayer me puse a buscarlo y llegué a esa conclusión, aunque hoy no ha dado señales de vida.

–Esos bichos son más listos que el hambre –dijo Jacinto–. Me extrañaría que se hubiera quedado atrapado. A lo mejor se mete ahí por las noches en busca de calorcito, y luego, por la mañana, sale.

–Puede ser. De todas formas, si te enteras de quién es el dueño, avísale, por favor. Solo por si acaso.

–Descuida.

Entramos en nuestros respectivos apartamentos. La larga siesta en la playa me había dejado aún más molido de lo que ya estaba al terminar la carrera. Encendí la tele y me tumbé en el sofá, y cuando me hube hundido entre los cojines me di cuenta de que el mando estaba en la mesita, fuera de mi alcance. Intenté incorporarme, pero mis músculos llevaban un rato esperando a que me tumbara para desconectar, y lo hicieron nada más sentir el tacto de los cojines. Era mi día de suerte. Allí estaba yo, paralizado frente a la tele encendida, incapaz de hacer el pequeño esfuerzo de erguirme para coger el mando, y allí estaba Alexander Dixon, con sus gafitas ovaladas y su chaleco de cuero. Y como era de esperar, traía consigo una ingente cantidad de valiosísima información. Al parecer, se había tomado la molestia de estudiar con todo rigor las genealogías de las familias más poderosas del planeta, y había descubierto que todas procedían de un antepasado común. Remontándose en el tiempo hasta el antiguo Egipto, había encontrado evidencias de que los Rockefeller, los Rothschild y algunas otras familias menos conocidas, pero igualmente influyentes, habían gobernado todos los grandes imperios con distintos apellidos. Así lo atestiguaban las investigaciones de reconocidos expertos en historia, filosofía, sociología y teología, y así lo corroboraba también la ciencia. Un grupo de insignes expertos en genética había analizado el ADN de los mayores emperadores de todos los tiempos, y la conclusión a la que habían llegado era rotunda: todos eran parientes. Ramsés II, Alejandro Magno, Julio César, Gengis Kan, Napoleón. Pero aún había más. Estudiado al detalle con las técnicas más avanzadas, este «ADN imperial», tal como lo bautizó Alexander Dixon, presentaba anomalías que habían desconcertado a la comunidad científica. Algunos de sus cromosomas no habían sido observados jamás en el género humano ni en ninguna otra especie del planeta Tierra. ¿De dónde procedía, entonces, esta raza milenaria que gobernaba a la humanidad desde el origen de los tiempos?

Me tragué el programa entero. Esa vez, a diferencia del día anterior, los disparates de Alexander Dixon no me crisparon los nervios, al contrario, me parecieron descacharrantes. Los enloquecidos giros de la argumentación, carentes de todo rigor lógico, me hicieron soltar más de una carcajada. Qué grande, Alexander Dixon. Los hombres como él eran los auténticos filósofos. Solo ellos comprendían de verdad a sus semejantes. En lugar de rebelarse contra la esencia de nuestra especie, que no era otra que la voluntad de ignorancia, penetraban en ella hasta el fondo y la interpelaban sin el menor pudor. Comprendían que la razón no era más que una cáscara, la corteza reseca del ser humano, y preferían ofrecernos la esencia, el fruto desnudo. Nadie ponía de relieve nuestra condición mejor que ellos. Si en el futuro seguían existiendo antropólogos e historiadores y sentían interés por la sociedad de comienzos del siglo XXI, harían mal en acudir a los libros de Noam Chomsky, de Julia Kristeva o de Giorgio Agamben. No serían estos grandes monstruos de la razón, sino Alexander Dixon, quienes les darían las claves para comprender nuestro tiempo.

Tras el programa de mi querido experto en metafísica me tragué uno sobre unos tipos que compraban y revendían antigüedades, otro sobre un leñador de Alaska, otro sobre los sofisticados métodos empleados en la construcción de submarinos nucleares, y otro sobre un viejo con coleta y bigote en cuyo taller de chapa y pintura se obraban toda clase de milagros, como, por ejemplo, transformar coches blancos en coches rojos. Recibí un buen chute de virilidad aquella tarde. El macho que habitaba en algún lugar recóndito de mi interior comenzó a desperezarse. En la tele se sucedían las motosierras, las taladradoras hidráulicas, los tubos de escape gordos, y debo reconocer que era agradable pasar las horas así, con la razón en suspenso, lo suficientemente cansado para no oponer resistencia a los clichés de la tele. En el exterior, entretanto, se hacía de noche. A medida que la luz menguaba me fui hundiendo en un agradable sopor. Di varias cabezadas, y fue durante una de ellas cuando escuché los maullidos. El gato estaba de vuelta. Miré la hora en el móvil: eran casi las doce. Al soltarlo de nuevo sobre la mesita activé sin querer el *flash* de la cámara. Una luz blanca y cegadora llenó la sala. ¿Por qué no había pensado antes en ello? Usándolo como linterna, tal vez lograra encontrar al gato entre las brumas del motor.

12

Los maullidos, una vez más, cesaron cuando mis pies pisaron la grava. Caminé con decisión, me deslicé bajo el coche y enfoqué la linterna hacia el interior del motor. Estaba tan convencido de que el gato aparecería ante mí que por un momento creí verlo, pero no fue más que una ilusión momentánea. La luz del *flash* me permitió apreciar con nitidez el revoltijo de cables y poleas que se destacaba en primer plano; más allá, sin embargo, en las profundidades del motor, seguía reinando un caos de sombras polvorientas. ¿Era de veras posible que el gato estuviera allí, agazapado tras el depósito de aceite o camuflado entre los tubos? ¿O debía empezar a preguntarme si todo aquello era fruto de mi imaginación? Permanecí con la linterna encendida y el gato no dio señales. La apagué, y al cabo de unos minutos lo oí. Estaba allí, allí mismo. Encendí la linterna, y de nuevo se hizo el silencio. Comencé a preocuparme. ¿Lo estaba imaginando? ¿Me hallaba ante los primeros brotes de un árbol que terminaría apoderándose de mi mente, el árbol de la locura? No, nada de eso. Muchas veces, como la mayoría de los artistillas de mi generación, había fantaseado con la posibilidad de perder del todo la cabeza, pero en el fondo sabía que no llegaría a tanto. La mía era la locura anodina de la clase media, depresión, ansiedad, locura *low cost*. Así y todo, no podía negar que lo de los maullidos empezaba a ser extraño. Necesitaba que alguien me dijera que eran reales. Miré el reloj: las doce y media. ¿Era demasiado tarde para llamar a Carmen? Sí. ¿Y para escribirle un mensaje? No la conocía lo suficiente para saberlo. Estaba indeciso. La idea de resultar inoportuno me gustaba tan poco como la de marcharme al apartamento. Si el gato estaba de veras atrapado en el motor, había que ayudarlo a salir. Decidí hacer una expedición al patio trasero y echar un vistazo a través de las ventanas. Si en su apartamento había luz, le escribiría un mensaje a Carmen, y si no, pensaría otra solución.

Salí de debajo del coche. Entré en el jardín de la piscina y me dirigí a la cancela que lo comunicaba con el patio trasero. Antes de abrirla recorrí con la mirada los balcones. El patio trasero no era mi territorio, yo no pintaba nada allí, y mucho menos en plena noche, de modo que debía ser sigiloso. Una vez que me hube asegurado de que nadie me observaba, abrí la cancela, y justo en ese momento oí un ruidito a mi espalda. Me volví. Dos sombras cuchicheaban en la oscuridad, agazapadas tras un arbusto.

–Shh, calla.

–Nos ha oído.

Creí reconocer una de las voces. Avancé hacia el arbusto.

–¿Mónica? –dije.

Era ella. La acompañaba el chico que había venido a buscarla la noche anterior. Mónica me miró con el rostro petrificado. Por un instante yo también me quedé de piedra, pero enseguida me repuse. El adulto era yo, y la que había sido sorprendida con un chico a medianoche era ella. Mi situación era ventajosa, sobre todo porque no tenía ninguna autoridad sobre Mónica. No habría tenido sentido que me enfadara o la regañara. Podía divertirme mortificándola.

–Hola –dije.

–Hola.

–Está fresca la noche.

–Por favor, no se lo digas a mi madre.

–¿Que no le diga qué?

–Nacho, por favor.

Yo aguardé unos segundos antes de contestar.

–No te preocupes –dije–. No soy un chivato. Ella… Tu madre… ¿Te ha dejado salir tan tarde?

–La verdad es que no se lo he preguntado. Está dormida.

–Entiendo.

–Solo he salido un segundo. Justo ahora iba a volver, te lo juro. Es que tenía que salir para… porque… Ha sido solo un segundo.

–Tranquila. Como te decía, no soy un chivato.

–Gracias.

Me volví hacia la puerta del portal.

–En fin, os dejo.

Mónica me interrumpió.

–¿Adónde ibas?

–¿Qué?

–¿Adónde ibas?

–A mi casa –dije.

–No, antes de pillarnos. Abriste la cancela que da a nuestro patio. ¿Adónde ibas?

–¿La cancela?

–Sí, mírala, sigue abierta.

–Pues… Verás…

–Uy, esto pinta mal.

–Yo me voy –dijo el chico–. ¿Te veo mañana, Mónica?

–Claro, nos vemos en la playa. –El chico se fue. Mónica se volvió hacia mí–. ¿Y bien? –me preguntó.

–Chica lista –dije–. Estás intentando darle la vuelta a la tortilla. Te he pillado en plena escapada nocturna y ahora quieres desviar la atención.

–No, el que está desviando la atención eres tú. Y déjame decirte que es un poco sospechoso que no quieras contestar. Me pregunto qué se te habrá perdido en el patio trasero a las doce y media de la noche.

–No se me ha perdido nada. Solo estaba…

Me volví hacia la cancela en busca de inspiración, y entonces lo vi. Una mole negra, gigantesca, avanzaba hacia nosotros. Era Mariano, el perro. Su imponente figura cubría todo el hueco de la cancela. Se detuvo un segundo, nos miró y reanudó el paso. Se movía con una lentitud hipnótica. Las cosas grandes, pensé, no han sido creadas para el movimiento. Hay algo antinatural en el hecho de que abandonen su quietud, y cuando lo hacen, suelen moverse con incomparable majestuosidad. Se detuvo a nuestro lado. Levantó una ceja. Suspiró y se tumbó en el césped. Su cabeza descansaba sobre mi pie y su costado rozaba la pierna de Mónica. Me agaché y le acaricié el lomo.

–El caso es que es una ricura –dije.

–Sí.

–Luego dicen que los perros se parecen a sus dueños.

Mónica se agachó y empezó a acariciarlo, igual que estaba haciendo yo.

–Entonces, ¿vas a decirme qué andabas buscando en nuestro patio?

Le conté la verdad.

–O sea –dijo Mónica–, que tu idea era emboscarte como un ladrón y espiarnos por la ventana.

–Más o menos.

–¿Haces esa clase de cosas a menudo?

–Eso parece. Desde que estoy aquí le he cogido el gusto a lo de espiar a la gente. –Ella hizo ademán de contestar, pero yo le pedí que guardara silencio. Acababa de oír un débil maullido. Enfoqué la oreja hacia la oscuridad. El gato maulló de nuevo, y al cabo de unos segundos volvió a hacerlo–. ¿Lo oyes? –pregunté.

–Sí.

–Menos mal. Empezaba a pensar que me había vuelto loco.

–¿Y dónde dices que está atrapado?

–En un coche, en el motor.

Una voz nos interrumpió.

–¿Mariano? ¿Dónde estás? –Era la vieja. Estaba de pie junto a la cancela. El perro se levantó al oírla–. Ah, estás ahí.

¿Y vosotros quiénes sois? –Caminó en nuestra dirección y enseguida estuvo lo bastante cerca para reconocernos–. ¿Se puede saber qué hacéis aquí?

–Nosotros... –comencé.

–Pervertido –me soltó.

–Señora, se equivoca.

–Es una niña, por el amor de Dios.

–Le repito que se equivoca.

–¿Y por qué habéis dejado la cancela abierta? ¿Queríais raptar a Mariano?

–¿Raptarlo? –dije–. Pesa más que nosotros dos juntos.

–Queríais que se escapara.

–Ha salido él solito, y no lo habría hecho si usted lo tuviera atado.

–Antes te ato a ti que a Mariano –dijo mientras me clavaba un dedo en el pecho–. Las personas, no los animales, son las que tendrían que andar amarradas. Y si no, mírate, escondido en un arbusto con una niña. Qué asco.

Antes de su llegada, Mónica y yo habíamos estado hablando en voz baja, casi en susurros. Ella, en cambio, hablaba a gritos.

–Haga el favor de bajar la voz –le pedí–. Va a despertar a todo el mundo.

–¿Me mandas callar? Lo que voy a hacer es llamar a la policía.

–Señora...

–Es repugnante. Un hombre hecho y derecho aprovechándose de una muchacha. Y tú, niña, ¿es que no tienes cabeza? –La vieja se calló de pronto. Los maullidos habían arreciado–. ¿Qué es eso?

–Un gato –dije.

–Calla, déjame escuchar.

–Está atrapado en un coche.

–¿Qué?

–Está atrapado en un coche –repetí–. En el motor. Lleva varios días ahí dentro, por eso estamos aquí. Intentábamos encontrar el modo de sacarlo.

Tardó unos segundos en decidir si me creía o no. Finalmente dijo:

–Enséñamelo.

–¿Mónica? ¿Nacho? –Era Carmen. Los gritos de la vieja la habían despertado–. ¿Qué está pasando aquí?

Mónica me miró aterrorizada. «No te chives», leí en sus labios.

Tomé aire. Todo iba demasiado deprisa. Debía pensar rápido.

–Hola, Carmen –dije.

–¿Qué está pasando aquí? –volvió a preguntar ella.

–¿Te acuerdas del gato del que te hablé esta mañana?

–Sí.

–El que está atrapado en el coche.

–Sí.

–Hace un rato intenté sacarlo, pero no lo conseguí, así que fui a pediros ayuda. Me asomé a vuestro patio, vi que había luz en la ventana de Mónica y di unos toquecitos. Ella salió y nos vinimos al jardín para no despertar a nadie. Y cuando estaba explicándole la situación apareció esta adorable mujer y se puso a gritar.

Carmen entrecerró los ojos. Estaba claro que no se lo había tragado.

–Una historia muy convincente –dijo la vieja–. Muy creíble, sí señor. Pero ya aclararéis lo que tengáis que aclarar cuando estéis solos. ¿Dónde está el gato?

Con un gesto le pedí permiso a Carmen para salir al descampado.

–Vamos –dijo ella.

Y salimos los cinco: Carmen, Mónica, la vieja, Mariano y yo.

El gato guardó silencio al oír que nos acercábamos.

–Ahora no podemos hacer ruido –dije cuando estuvimos junto al coche.

Observé que la vieja leía la nota del parabrisas y luego me miraba de reojo. Me lo apunté como una victoria. Hacía solo un instante me había tomado por un pervertido y ahora descubría que no solo no era un monstruo, sino que me tomaba toda clase de molestias para ayudar a un gatito. Aquello le enseñaría a no prejuzgar.

Permanecimos un minuto callados, pero no oímos nada. Mariano olfateaba el capó. El gato debía de estar aterrado.

–¿Seguro que es aquí? –preguntó la vieja.

Yo me llevé el dedo índice a la boca. Aguardamos un par de minutos, y finalmente volvió a maullar. Carmen y Mónica pegaron la oreja al capó. La vieja intentó abrirlo.

–Pobrecillo –dijo Mónica.

–¿Cuánto tiempo dices que lleva aquí? –me preguntó la vieja.

–Tres días como mínimo. No sé qué hacer. He probado a iluminarlo desde abajo con la linterna, pero no se ve nada. Y Jacinto no sabe de quién es el coche.

La vieja parecía pensativa.

–Ahora vuelvo –dijo–, vosotros ya podéis iros.

–¿Adónde va?

–A por una silla. Cuando aparezca el dueño quiero estar aquí para asegurarme de que al gato no le pasa nada.

–No creo que aparezca a estas horas –dije–. Y si aparece, seguro que lee la nota del parabrisas.

–¿Y si no la lee? –dijo la vieja–. ¿Y si la lee, pero se la pasa por el forro? Hay gente mala. Hay gente muy mala. Hazme caso, soy vieja y he vivido mucho.

–Pero –protesté– no puede quedarse aquí toda la noche. Está refrescando y…

–¿Vas a impedírmelo?

–No, es solo que…

–Quita, quita.

Me apartó y se alejó hacia su apartamento seguida de Mariano.

–Está como una cabra –soltó Mónica.

–Solo me faltaba que cogiera una pulmonía y se muriera –dije–. No quería cargar con la muerte de un gato sobre mi conciencia, y al final voy a cargar con la de un gato y una vieja.

Carmen estaba ensimismada. No había dicho ni una sola

palabra desde que abandonamos el jardín de la piscina. ¿Estaría tan loca como para pensar que entre su hija y yo había ocurrido algo? Debía aclarar la situación. Debía encontrar el modo de tranquilizarla sin delatar a Mónica, pero no se me ocurría nada.

Permanecimos en silencio hasta que regresó la vieja. Traía una silla de playa y dos mantas. Mariano venía caminando a su lado.

–¿Todavía estáis aquí?

–No creo que sea buena idea que pase la noche al raso –dije–. Me comprometo a venir por la mañana temprano y a estar atento por si aparece el dueño.

–Por mí, como si te comprometes a saltar de un avión sin paracaídas. Yo de aquí no me muevo.

Se sentó en la silla de playa y se echó una manta sobre las rodillas. Puso la otra en el suelo para que Mariano se tumbara.

–Bueno, vámonos –dijo Carmen–. Aquí ya no tenemos nada que hacer.

–No sea cabezota –le dije a la vieja mientras nos alejábamos–. Cuando empiece a hacer frío, váyase a casa. No va a arreglar nada durmiendo aquí.

Ella gruñó y nos espantó con la mano.

Regresamos al jardín de la piscina. Nos quedamos los tres de pie, mirándonos.

–Entonces –dijo Carmen–, ¿alguien va a explicarme qué es lo que ha pasado exactamente?

–Te lo explicamos hace un rato –contestó Mónica–. Creo que quedó bastante claro.

Carmen se volvió hacia mí.

–Dices que viste luz en la ventana de Mónica y diste unos toquecitos, ¿verdad?

–Sí.

Mónica me miró abriendo mucho los ojos. Comprendí que había cometido un error.

–Supongo –añadió Carmen–, que te referías a la puerta cristalera del salón, porque la ventana de Mónica no da al patio, sino al lavadero.

–¿Esto es un interrogatorio? –preguntó Mónica–. ¡Claro que se refería a la cristalera! Si usó la palabra «ventana» fue porque es lo que suele decirse en estos casos. Verdad, ¿Nacho?

Carmen se me adelantó antes de que pudiera responder.

–Lo que dijo, literalmente, fue que «había luz en la ventana de Mónica».

–Increíble. No me lo puedo creer. A ver, mamá, por una vez en la vida, habla claro. ¿Qué estás insinuando?

–¿Yo? Nada.

–A mí me parece que *sí* estás insinuando algo.

–Pues te equivocas.

–¡Me equivoco! No seas falsa, hazme el favor.

–Mónica –dijo Carmen–, contrólate.

–¡Contrólate tú! No puedo ni moverme sin que empieces a desconfiar. ¿Qué te crees que hemos hecho?

–Nada. Solo he preguntado por si…

–Estás celosa, como siempre. Te pones en ridículo con tus celos y no te das cuenta. Para que te enteres de una vez,

Nacho me saca veinte años. ¡Veinte años! ¿Te crees que estoy loca?

Carmen parecía ahora muy aturdida. Debía de haber comprendido de golpe que sus sospechas eran absurdas. Trató de disculparse.

–Yo no quería... De verdad que en ningún momento he pensado...

–Siempre igual. Te crees que soy imbécil, te crees que soy una puta. Pues mira, sí, para que te enteres, soy una puta. ¿Sabes lo que ha pasado esta noche? Que Nacho me ha pillado con un chico. Había salido a escondidas y estaba con él en el jardín, y Nacho nos ha pillado. ¿Estás contenta? ¿Era eso lo que querías oír? Pues ya lo sabes. –Me miró. Tenía la cara tan roja que parecía a punto de explotar–. Perdóname, Nacho. Así no hay quien viva. Me muero de vergüenza.

Y salió corriendo.

Carmen y yo nos quedamos solos. No sabíamos qué decir. Finalmente fue ella quien habló.

–De verdad que no he pensado nada raro, te lo juro.

–Claro que no. No te preocupes.

–Es solo que... Estaba dormida, y de pronto oigo gritos y veo que mi hija no está en casa.

–Es normal, Carmen. Yo también me habría asustado.

Ella bajó la cabeza. Al cabo de unos segundos dijo:

–Lo de anoche...

–Fue un error. Tranquila, no se repetirá.

–No estaría bien que Mónica se enterara y pensara que...

–Lo sé. Descuida.

Volvimos a quedarnos callados. Los dos mirábamos al suelo. De pronto sentí algo frío sobre mi mano. Era la suya. Estaba helada. La dejó ahí unos segundos. Después me soltó y se marchó.

Subí a mi apartamento. Tras cerrar la puerta permanecí de pie sin saber qué hacer. Luego fui a la cocina, me serví un vaso de vino y salí a la terraza.

Frente a mí, en el cielo, había una luna delgada con forma de garfio. Estaba en fase creciente, lo sabía porque tiempo atrás había leído en algún sitio un sencillo truco para averiguarlo. Bastaba con comprobar si el arco de la luna se parecía al de la letra C o al de la D. Si la observabas desde el hemisferio norte, que era donde yo me encontraba, y se parecía al de la C, era decreciente. Y si se parecía al de la D, creciente. O sea, justo lo contrario de lo que las iniciales parecían indicar. La luna que en ese momento tenía frente a mí describía un arco idéntico al de la letra D, de manera que era creciente. Me gustaba saberlo. Me gustaba observar la luna y pensar: «Es creciente. Lo sé. Podría no saberlo, pero lo sé».

Por lo demás, era una luna muy delgada, apenas un hilillo, y no iluminaba lo más mínimo. Tampoco lo hacían las estrellas, pese a que allí eran abundantes. La playa y el cañaveral estaban tan a oscuras como de costumbre. Traté de discernir la figura de la vieja en el descampado, pero no se veía nada. La imaginé tiritando en la silla, arrebujada con la manta. La noche era fresca y lo sería aún más a medida que pasaran las horas. Estaba preocupado, no podía evitarlo. La vieja no era lo que se dice una persona endeble, el fuego del infierno corría en sus venas y le prestaba una fuerza poco corriente, pero no dejaba de ser una anciana y la humedad de la playa era traicionera. Me incliné sobre el antepecho tratando de forzar la vista para ver en la oscuridad. Apoyé las manos en la barandilla y, al notar el tacto del metal, sentí un escalofrío. Reviví el momento en que, unos minutos atrás, Carmen había puesto su mano helada sobre mi mano. ¿Por qué la tenía tan fría? La noche anterior también la había sentido sobre mi piel y entonces no estaba fría en absoluto. Sacudí la cabeza. Era tarde y la noche invitaba a enredarse en pensamientos que no llevaban a ninguna parte. Lo mejor que podía hacer era irme a dormir.

Solté el vaso de vino y entré en el dormitorio. Tenía un flexo y dos o tres buenos libros. Tenía nuevos amigos y había estado a punto de tener una amante. No había motivos para la tristeza, me dije. Estaba mejor que cuando llegué.

«Estoy mejor que cuando llegué».

13

Me desperté a las nueve de la mañana. Lo primero que pensé fue: «La vieja». Quienes vivimos dominados por la ansiedad somos expertos en presentimientos. Al abrir los ojos tuve la certeza de que algo malo le había ocurrido.

Corrí al balcón. Junto al Peugeot, en la silla de playa, había alguien sentado, pero no era la vieja. Era Carmen. ¿Qué hacía Carmen allí? ¿Le había dado el relevo? ¿O se habían cumplido mis presentimientos y ahora había una anciana animalista en la UCI del hospital más cercano? Traté de llamar la atención de Carmen moviendo los brazos, pero no reparó en mí.

–Parece –dijo Jacinto desde su terraza– que el amor a los gatos ha prendido en La Chucha.

–Veo que tu radar sigue funcionando de maravilla –contesté.

–Siempre. Te huelo a distancia. Eres para mí como el polen para la abeja, como la carroña para el buitre.

–Haré como que no he oído eso último –dije–. ¿Sabes desde cuándo está Carmen ahí?

–Le dio el relevo a nuestra encantadora anciana a las siete. Yo no me he enterado de nada hasta hace media hora. La vi ahí sentada y me acerqué a preguntar qué pasaba, y me ha puesto al día.

–Me extraña que la vieja haya consentido en marcharse –dije.

–Por lo visto se resistió, pero debía de estar hecha polvo. Por muy cabezota que seas, pasar la noche al raso pasa factura, sobre todo a cierta edad. –Asentí–. Entonces –añadió Jacinto–, ¿lo del gato se ha convertido en una especie de obsesión colectiva?

–Supongo.

–No me extraña. Lo he visto otras veces, ocurre todos los veranos. Yo siempre digo que en La Chucha hay dos clases de personas: las que vienen en pareja y las que vienen a obsesionarse. Y ni tú ni tus amigas venís en pareja.

Sonreí.

–Te creía más sutil, Jacinto. Un fino lector como tú podría pulir más sus epigramas.

–He leído tu novela –dijo a bocajarro.

Me quedé helado. Era lo último que esperaba oír en aquel momento.

–A eso lo llamo yo un buen contraataque –dije.

–Gracias. La sutileza no se me da bien, pero el ataque frontal sí. Fui a Granada a comprarla anteayer, y ya la he terminado.

No añadió nada más.

–¿Estás esperando a que te pregunte qué te ha parecido? –pregunté.

–Sí.

–¿Qué te ha parecido?

–No es un buen libro.

Lo dijo sin titubear, como si la respuesta fuera tan obvia que no mereciera ni un instante de reflexión. Fue un duro golpe. Era cierto que yo no tenía mucha fe en aquella novela, pero aun así sus palabras me sentaron como un puñetazo en el estómago.

–Eso ha dolido –dije.

–Lo siento. He sido un poco brusco. ¿Prefieres que sea más suave?

–No, mejor así.

–¿Estás seguro?

–Sí. Aunque, naturalmente, agradecería que te explicaras.

–Claro, a eso iba. Pero antes quiero ponerte sobre aviso. Escúchame bien: te voy a decir dos cosas, primero una y luego otra. Quiero que te creas las dos, porque las dos son verdad, y no quiero que hables hasta que termine. ¿Entendido?

–Entendido.

–La primera es esta: el libro no es bueno. Eso es un hecho y no tiene sentido negarlo. No es un buen libro por la sencilla razón de que le falta oxígeno, se nota que lo ha escrito alguien que tiene tan poco trato con otras personas como un pepino de mar. Yo, yo, yo, mis obsesiones, mis manías, la lastimita que me doy a mí mismo. Estás demasiado ensimismado, no les prestas a los demás ni una centésima parte de la atención que te prestas a ti mismo, y si tú no te interesas por ellos, ¿por qué iban ellos a interesarse por ti? Una novela es un diálogo, no un monólogo. Cuando dialogamos con alguien debemos interesarnos por él, hacerle preguntas, *hacerle hablar*. En eso, no lo olvides, consiste escribir novelas: en hacer hablar a los otros. Quien se limita a esperar que sean los demás quienes lo escuchen a él puede llegar a ser un buen orador o un buen ensayista, pero no un buen conversador. Ni un buen novelista. Esa es la primera cosa que te quería decir. La segunda es esta: lo que tú escribes, en comparación con la ingente cantidad de morralla que las editoriales tienen a bien ofrecernos cada semana, es literatura. De momento no es buena literatura, pero es literatura. No es un producto prefabricado escrito por un semianalfabeto y firmado por un autor de prestigio, y tampoco es uno de esos batiburrillos de frases pretenciosas que los cerebritos escriben para demostrar que han leído a Roland Barthes. Es literatura, se nota que no escribes solo para lucirte ni para ganar dinero, sino por necesidad. También se nota que eres cuidadoso y que estás aprendiendo a bailar con el lenguaje, pero nada de eso evitará que tus novelas estén muertas si te falta lo más importante. Amor. Necesitas amar. Y no te engañes: amar significa amar a alguien. El amor a la literatura, a la justicia, al planeta o al ser humano no son más que sucedáneos del verdadero amor. Cuando se nutren de este, pueden llegar a ser de una calidad excelente, pero si el verdadero amor falta, se pudren y se vuelven venenosos. Es una cuestión de lógica de primaria. Sería absurdo gastarte todo tu dinero en decorar tu casa sin preocuparte de llenar antes tu estómago, ¿verdad? Pues lo mismo. Es absurdo que intentes ser un buen escritor si descuidas necesidades mucho más básicas, y no hay ninguna más básica que amar y ser amado. Llámame cursi o lo que quieras, pero si no tienes a nadie con quien echarte unas risas por las tardes y a quien acariciar por las noches, no tienes nada, estás vacío, y por mucho que te esfuerces, tu literatura también lo estará. Te digo todo esto porque creo que deberías seguir escribiendo, pero también creo que deberías preguntarte qué quieres hacer con tu vida. Espero no haber sido demasiado duro. –Abrí la boca e intenté hablar, pero no me salió nada. ¿Qué podía responder? Jacinto acababa de darme una paliza de muerte y tardaría meses en recuperarme–. ¿Estás bien? –preguntó.

–Sí. Si te soy sincero, nada de esto me pilla por sorpresa. Ya te dije que soy consciente de que la novela no es buena.

–Vaya, te ha dolido más de lo que pensaba.

–No, en serio. Te lo agradezco. Creo que tienes razón en todo. Estoy más seco que un cardo, y rara vez se ha visto que los cardos den flores.

Jacinto carraspeó.

–En realidad –dijo– sí que dan flores.

–¿Sí?

–Y en rigor no puede decirse que estén secos. Son plantas, almacenan agua que extraen de la tierra.

–Eres un poquito quisquilloso, ¿no?

–Perdona. Sigue, no te interrumpo.

–No, ahora no quiero seguir. Me estaba poniendo tierno y me has cortado el rollo.

–No quería cortarte el rollo. Solo me pareció conveniente hacer una breve aclaración. Sigue, por favor. Estabas diciendo que eres un cardo y…

–Nada más. Que tienes razón y que debo cambiar de vida. Lo sé desde hace tiempo. Por eso he dejado mi piso en Granada y me he venido aquí.

–Un momento –dijo Jacinto–. Espero haberte entendido mal. ¿Dices que por eso has venido *aquí*? ¿A La Chucha? Dime que no hablas en serio. –Me encogí de hombros. Noté que Jacinto desviaba la mirada–. Parece que te reclaman –observó.

Carmen me hacía señales con los brazos desde el descampado.

–Será mejor que baje –dije–. Gracias por leer la novela.

–No me guardas rencor, ¿verdad?

–¿Que si te guardo rencor? ¿Por destrozar mi novela? ¿Por decir que mi vida y mi literatura están vacías? ¿Por compararme con un pepino de mar? No, para nada.

–Definitivamente me guardas rencor. Te lo perdono porque eres escritor y sé que los escritores, pobrecillos, sois muy susceptibles. Pero deberías empezar a cuidarme. No creo que andes sobrado de amigos. Más te vale conservar a los pocos que te quedan.

–Cuando tienes razón –dije–, tienes razón. Ya encontraré el modo de compensarte por tus esfuerzos.

–Anda, ve a ver qué quiere Carmen.

–Sí, ya voy. Nos vemos luego.

14

Carmen parecía preocupada. Al amanecer, me contó, había salido a comprobar cómo estaba la vieja y se la había encontrado aterida. Tenía el pelo empapado de rocío y la humedad le calaba hasta los huesos. Aun así se negaba a marcharse, y si finalmente había accedido, era a cambio de la promesa de que ella no se movería de allí. Pero no tardaría en regresar, y a buen seguro acamparía junto al coche el tiempo que hiciera falta hasta que apareciera el dueño.

–Esa mujer no está bien –dijo Carmen–. Es vieja. No sé si es más probable que se muera de frío por la noche o que le dé una insolación de día, pero lo que es seguro es que mucho no va a aguantar. Tenemos que hacer algo. Hay que sacar al gato.

Miré el coche. Habían pasado más de tres días y el dueño aún no había dado señales.

–Voy a hacer una cosa –dije–. Voy a pasarme uno a uno por todos los apartamentos hasta dar con el dueño. El coche tiene que ser de alguien de aquí.

–Me parece bien.

La dejé sola. Cuando entré en la urbanización me crucé

con la vieja, que se dirigía al puesto de vigilancia en compañía de Mariano. Reparé en que al verme se apresuró a tirar algo a la papelera del jardín. Saltaba a la vista que, fuera lo que fuese, quería ocultármelo.

Le expliqué que me disponía a localizar de una vez por todas al dueño del coche y la animé a regresar a casa. No era necesario que se quedara haciendo guardia. En media hora iría a buscarla y le llevaría buenas noticias.

–Muy seguro estás tú –dijo– de que vas a encontrar al dueño.

–Tiene que estar aquí. No tendría sentido que viviera en el pueblo y dejara el coche tan lejos.

–Tampoco tiene sentido que no dé señales de vida, y, sin embargo, que yo sepa, no las ha dado.

–A mí no me parece tan raro –dije–. Está de vacaciones. Le apetece relajarse, disfrutar de la playa y olvidarse de todo.

–No. Aquí está pasando algo. Puedo olerlo.

–Es usted demasiado pesimista.

–Lo que tú digas.

Mariano colocó su cabeza bajo mi mano para que lo acariciara. Lo hice.

–¿Ha seguido maullando el gato toda la noche? –pregunté.

–Ha ido a menos. Al final casi no se le oía. El pobre tiene que estar en las últimas.

–En media hora estará fuera. Ya lo verá.

Ella meneó la cabeza y salió hacia el descampado. Yo esperé a que se alejara y me acerqué a la papelera. Abrí la tapa, y lo que encontré sobre un montón de envases y desperdicios fue una bolsa de plástico con una masa blanda y caliente en su interior. ¡Un enorme zurullo de perro! La vieja, al parecer, había empezado a tomarse la molestia de recoger los excrementos de Mariano. Sentí ternura. Aquella vieja orgullosa jamás lo reconocería, pero bajo la costra de odio que usaba para protegerse tenía un corazoncito, y habíamos conseguido tocárselo.

Recorrí el bloque llamando a todas las puertas. A los que no estaban o no quisieron abrirme les dejé una nota explicativa. Del resto, nadie sabía quién era el propietario del Peugeot. Cuando hube terminado la ronda me dirigí a la playa y pregunté a los bañistas, pero tampoco ellos lo sabían.

Regresé al puesto de vigilancia. Carmen se había marchado. En su lugar estaban Mariano y la vieja.

–Déjame adivinar –dijo al verme–. No ha habido suerte.

–De momento, no. Pero es cuestión de horas que el dueño aparezca.

–No te lo crees ni tú.

–Hay que ser optimista.

–Hay que ser realista –dijo ella–. El dueño no va a aparecer y no podemos seguir esperando. El gato lleva tres días atrapado ahí dentro. ¿Sabes lo que les pasa a los bebés cuando sus papás se los dejan olvidados en el coche al sol y en pleno verano? Pues a los gatos les pasa lo mismo. Es un milagro que haya aguantado tanto, pero no creo que dure mucho más. –Tras un breve silencio, añadió–: Necesito que me hagas un favor. –Lo dijo mirando al suelo. Debía de costarle un gran esfuerzo pronunciar aquellas palabras–. He intentado abrir el capó, pero no puedo. Necesito que vayas al pueblo y compres una palanca, una ganzúa, algo que sirva para forzarlo.

Examiné el capó. Traté de introducir los dedos por la rendija, pero era imposible. En los últimos días había invertido varias horas buscando información al respecto en internet, y con los datos que tenía me bastaba para saber que nunca conseguiría abrir el capó sin destrozarlo. Las explicaciones que había encontrado en YouTube, en blogs, en foros y en otras fuentes de incuestionable fiabilidad, eran embrolladas y contradictorias, y presuponían una astucia y unas dotes para la mecánica de las que yo carecía. Unos meses atrás había intentado ajustar los frenos traseros de mi bicicleta y había acabado rindiéndome tras dos tardes de duro trabajo. Forzar un capó sin dañarlo quedaba claramente fuera de mi alcance.

La vieja, viéndome dudar, dijo:

–Ya voy yo a por la palanca. Tranquilo, que yo cargo con toda la culpa. Solo necesito que te quedes veinte minutos vigilando el coche.

–No es eso. Es que creo que podríamos esperar un poco más. Estoy seguro de que el dueño va a aparecer de un momento a otro.

–No hay tiempo. Hoy hace un calor de muerte y todavía quedan las peores horas del día. Si no me ayudas, lo hago sola, pero ese gato tiene que salir de ahí ya.

Cerré los ojos. Imaginé al gatito atrapado en la oscuridad,

asándose vivo bajo la chapa ardiente, los ojos muy abiertos y el rostro congelado en una mueca de pánico. La vieja tenía razón. Había que sacarlo de allí.

Conduje hasta Motril y compré una palanca en una ferretería.

De regreso a La Chucha me encontré con una novedad. Mónica se había unido a la vieja. Estaban sentadas la una al lado de la otra, en sendas sillas de plástico.

–Se llama Julia –dijo Mónica en cuanto me vio.

–¿Qué?

–Ella. –Señaló a la vieja–. Se llama Julia. ¿Lo sabías?

–No.

–Yo tampoco –explicó Mónica–, pero acabo de preguntárselo y me lo ha dicho. Y ha recogido las cacas del perro. Ayer no se podía andar por el patio, y ahora no queda ni una. Dice que no ha sido ella, pero yo sé que sí. Creo que quiere ser nuestra amiga.

Miré a la vieja, que negaba con la cabeza.

–¿Qué has traído? –preguntó.

–Esto.

Le mostré la palanca. Ella me la arrebató y se puso manos a la obra. La introdujo en la ranura del capó y la deslizó de izquierda a derecha, sin resultado.

–Démela –dije.

Me metí debajo del coche. Según había leído en internet, la mayoría de los capós podían abrirse desde dentro presionando una pestaña situada en el borde de la tapa. Hurgué en el motor con la palanca como quien hurga en las ramas de un árbol para que salga el pájaro escondido, pero la pestaña no salió de su guarida. Lo único que estaba consiguiendo era remover el polvo acumulado sobre las válvulas, que caía como una lluvia fina sobre mi rostro. Empecé a agobiarme. El calor allí dentro era sofocante.

Salí de nuevo al aire libre.

–¿Has visto algo? –preguntó Julia.

–No.

–Haz palanca. Métela en el borde y haz palanca.

Obedecí. El borde del capó se abolló, se curvó hacia fuera y se levantó unos centímetros, pero estaba bien sujeto y no conseguí que terminara de abrirse.

–Dame –dijo Julia haciendo ademán de quitarme la palanca.

–No. Esto lo abro yo, por las buenas o por las malas.

Hasta entonces había manipulado el capó con precaución, tratando de abollarlo lo menos posible, pero había llegado el momento de ponerse serio. Recorrí la ranura de un extremo a otro haciendo palanca con todas mis fuerzas. Al cabo de unos minutos el capó tenía decenas de rayones y abolladuras, pero seguía sin ceder. Probé a usar todo el peso de mi cuerpo sobre la palanca, a golpearla con los puños e incluso a darle patadas.

–Necesito una piedra –dije.

Mónica se puso de inmediato a buscar una.

–¿Esta?

–No, una más grande.

Julia dio con una adecuada. Tenía el tamaño de un melón.

Introduje una tercera parte de la palanca bajo el capó. Levanté la piedra sobre mi cabeza. Debía dar un golpe contundente y certero, pero no sabía si lo conseguiría. La piedra pesaba varios kilos, y mis destrezas atléticas, tal como había comprobado en los últimos días, no eran tan formidables como yo pensaba. Vi con toda claridad el estropicio que estaba a punto de causar. La piedra destrozando el frontal del coche y a continuación machucándome un pie, o escapándose de mis manos en el último segundo y yendo a parar al parabrisas. Por un instante pensé en llamar a Carmen para que lo hiciera ella.

–¿Quieres que lo haga yo? –dijo Julia.

Y su voz fue como un detonador. Estrellé la piedra con todas mis fuerzas en la punta de la palanca. Algo hizo clac y la tapa del capó dio un brinco.

Nos apresuramos a abrirlo. Y allí estaba el gatito, encajado entre el motor y el depósito de agua. Era muy pequeño, casi un cachorro. Blanco con manchas negras.

Julia posó suavemente una mano en su lomo. Acercó el rostro, pegó la oreja. Se incorporó y sacudió la cabeza.

–¿Está muerto? –pregunté yo.

–No puede ser –dijo Mónica, e inclinándose sobre él lo cogió con mucha suavidad. La absoluta flaccidez del gato, el modo en que su cabeza, su cola y sus patitas cayeron por su propio peso no dejaban lugar a dudas. No se apreciaba aún el menor signo de rigor mortis, pero era evidente que estaba muerto.

Mónica lo apretó contra su pecho.

–A lo mejor está vivo –dijo–. Puede que solo esté muy cansado.

La vieja seguía sacudiendo la cabeza. Se alejó sin decir nada, seguida de Mariano.

–Mónica –dije–, creo que está muerto.

–No lo sabemos. No somos médicos. Hay que llevarlo al veterinario.

–Sí, pero no deberías hacerte ilusiones. El veterinario no va a hacer más que confirmarlo. Es muy triste, pero lo mejor es que te hagas a la idea. Vamos, hay que avisar a tu madre.

Fuimos los tres a Motril. Mónica iba en el asiento trasero y llevaba el gatito sobre el regazo. Parecía muy afectada. Temí que montara una escena en el veterinario, que se desahogara tomándola con su madre o incluso conmigo, pero no ocurrió nada de eso. Cuando nos confirmaron que el gatito estaba muerto, se metió las manos en los bolsillos y apretó el rostro. No lloró, no dijo nada. Carmen la abrazó y ella no la rechazó, pero tampoco respondió al abrazo. Permaneció muy quieta, de pie, hasta que su madre se apartó de ella.

15

De vuelta en La Chucha, Mónica y Carmen se fueron a su apartamento y yo al mío. Fue una tarde extraña. Pasé varias horas sentado en la terraza, mirando la playa y el mar. El agua estaba agitada. Las olas avanzaban hacia la orilla desde mar adentro, y, a medida que lo hacían, iban dejando pequeños bancos de espuma aquí y allá, rompían un poco, se rehacían y seguían avanzando, como si ensayaran para cuando les tocara romper de verdad. Yo las miraba sin emoción. Estaba medio atontado. De vez en cuando desviaba la vista hacia el Peugeot azul. Tarde o temprano el propietario aparecería y trataría de averiguar quién había destrozado su coche, y no le resultaría difícil dar conmigo. Varios bañistas habían presenciado el numerito, y también debían de haberme observado desde más de un balcón. ¿Qué haría el dueño cuando me encontrara? ¿Me denunciaría? ¿Se pondría agresivo? ¿Y qué haría yo? El desenlace me inspiraba curiosidad, pero no verdadero interés. No lo sentía como algo propio, algo que me afectara personalmente, sino más bien como el desenlace de una novela o de una película. No tenía miedo ni estaba enfadado ni triste. Estaba, lo dije más arriba, medio atontado.

Al atardecer, cuando el calor comenzó a amainar, decidí salir a despejarme. Me proponía dar un largo paseo, pero mientras me vestía vi en un rincón la bolsa con el material de escalada que Jacinto me había regalado. Saqué los pies de gato y el paquete de magnesio en polvo. Pensé: «¿Por qué no?». Era un día tan bueno como cualquier otro para desnucarme, y conocía el lugar idóneo.

Los acantilados que ponían fin a la playa en su extremo oeste resultaban perfectos para hacer el ridículo sin que nadie te observara. El alto muro de piedra dibujaba un recodo justo al final de la playa, y, si bien resultaba imposible, debido a lo abrupto del terreno, avanzar mucho más allá, el primer tramo era practicable. Durante unos metros, uno caminaba sobre un lecho de piedra plano, lo suficientemente amplio para no temer que un mal paso le hiciera rodar al fondo del mar. Y en cuanto a la pared, presentaba tantas irregularidades, estaba salpicada de tantos huecos y asideros que incluso un inútil total como yo tendría que esforzarse mucho para no encontrar donde agarrarse.

Era el lugar idóneo, sí, pero las dificultades no se hicieron esperar. Comenzaron en el mismo instante en que llegué a los acantilados y, tras quitarme las chanclas, me calcé los pies de gato. Me oprimían tanto los dedos de los pies que no podía pensar en otra cosa. Sabía que los pies de gato debían oprimir los dedos y que ese era el menor de los sacrificios que afrontaba cualquier escalador, pero yo no era un escalador, era un simple escritor de tercera categoría, o sea, un hombre débil, y los sacrificios no se me daban bien. Intenté sobreponerme. Mis dedos agarrotados no existían, el dolor no existía. Me espolvoreé magnesio en las manos y me concentré en la pared que tenía ante mí. Alargué el brazo derecho hacia un hueco agarrable y el izquierdo hacia un reborde no menos generoso. Luego les tocó el turno a los pies, que también encontraron acomodo fácilmente. Muy bien, ya estaba escalando. Cuando mis pies estuvieron a unos treinta centímetros del suelo decidí que ya había ascendido bastante. No estaba loco, sabía que no se me había perdido nada en las alturas. Me limitaría a escalar lateralmente, de izquierda a derecha y de derecha a izquierda. Ahora que lo pensaba, era lo mismo que solía hacer cuando nadaba en el mar. Por miedo a que las corrientes me arrastraran o a que un tirón en el muslo me impidiera regresar, nadaba siempre en paralelo a la orilla, sin alejarme más de cinco metros de tierra firme. Así era yo, un auténtico aventurero en tierra y mar. A veces me asustaba mi propia intrepidez.

Conseguí sin demasiado esfuerzo desplazarme unos centímetros a la izquierda. La pared era tan fácil de escalar como parecía a simple vista. Rara vez me veía obligado a forzar la postura para conseguir un buen agarre. Seguí avanzando hacia la izquierda durante unos metros y luego inicié el camino de vuelta. Tenía los antebrazos cada vez más cargados, pero me sentía audaz y estaba decidido a llegar al límite de mis fuerzas. Continué haciendo y deshaciendo el camino, sintiendo cómo los antebrazos se me acalambraban y los dedos de los pies se me contraían, hasta que un dolorcillo nuevo y punzante en el coxis me anunció que ya era suficiente. Me dispuse a iniciar el descenso, pero al mirar hacia abajo reparé en que me hallaba a una altura mayor de lo que creía. Bajar de un salto era arriesgado, pero no lo era menos hacerlo escalando. Conforme la luz del sol menguaba se había levantado una bruma ligera del mar. La roca empezaba a estar húmeda. ¿Y si me resbalaba? Me imaginé cayendo de espaldas y rompiéndome la columna. Me imaginé allí tirado durante horas, durante días, gimiendo muy bajito. Imaginé a las gaviotas formando un círculo a mi alrededor, observándome con sus ojos carroñeros y relamiéndose los picos carroñeros, e imaginé a un excursionista adentrándose en el acantilado al cabo de unos meses y llevándose las manos a la boca al descubrir un esqueleto abandonado entre las piedras. Tanteé la pared con el pie en busca de un nuevo agarre más cercano al suelo; lo encontré, pero al soltarme del brazo izquierdo, el derecho se puso a temblar de mala manera. Era un tembleque incontrolable, tan intenso que consumió en pocos segundos las pocas energías que me quedaban. ¿Podía la voluntad por sí sola, sin auxilio calórico alguno, mantener un cuerpo en funcionamiento? Estaba a punto de comprobarlo. Logré encontrar un nuevo agarre para el brazo izquierdo, pero la situación no hizo más que empeorar. Ahora tenía el cuerpo descompensado, dividido en dos mitades, izquierda y derecha, una de las cuales estaba sensiblemente más lejos que la otra del centro de la tierra. Y el brazo seguía temblando, y el otro brazo también, y me dolía el cuerpo entero. Pensé en las lagartijas, que habían sido bendecidas con eficaces ventosas en los dedos, y maldije a la evolución por haber marginado a los humanos. La cuestión que se me planteaba no era ya si caería o no, sino cuándo y cómo lo haría. Fue en ese momento cuando la oí.

–Nunca dejas de impresionarme.

–¿Mónica?

–Escalas, corres, nadas con chanclas. Si de mí dependiera, te ficharía para las fuerzas especiales.

Intenté girar el cuello, pero no pude.

–Ayúdame, no sé cómo bajar.

–Salta.

–¿Que salte? ¿Estás loca?

–¿A qué altura crees que estás?

–No sé, ¿a dos metros?

–Sí, a dos metros. ¡A doscientos! Anda, no seas tonto y salta.

–No me atrevo, de verdad.

–Tus pies están exactamente a la altura de mis caderas –dijo Mónica.

–¿En serio?

–Compruébalo tú mismo.

Miré hacia abajo. Mónica se había situado a mi lado y, en efecto, mis pies estaban a la altura de sus caderas.

–De todas formas –dije–, ayúdame, que no ando sobrado de fuerzas.

Ella puso sus manos en mi espalda. Saber que estaba allí para sostenerme me dio confianza. Reinicié el descenso y unos segundos más tarde pisé tierra firme.

–Bravo –dijo Mónica–. Te superas día a día.

–Ríete, pero te juro que lo he pasado fatal.

–Te creo. Estás blanco.

Todavía me temblaban los brazos. Tenía las manos rojas y despellejadas.

–¿Qué haces aquí? –pregunté.

–¿Tú qué crees? Te he seguido. Te vi venir para acá y pensé que tramabas algo.

–¿Por qué será que no me extraña? Me espías, me persigues y me parece lo más normal del mundo. Es una de las cosas buenas de este sitio. Aquí uno se acostumbra a no extrañarse de nada.

–Pues será una de las pocas cosas buenas –dijo Mónica–. No creo que haya muchas más.

La miré de soslayo mientras me quitaba los pies de gato y me calzaba las chanclas.

–¿Damos un paseo? –le pregunté.

–Bueno.

Dejamos atrás los acantilados y continuamos caminando por la playa.

–¿Cómo estás? –dije.

–Harta. Harta de este sitio, de mi madre y de todo.

–¿También de los chicos del campamento? Parecen simpáticos.

–Parecen idiotas. Y *son* idiotas. Ayer el monitor sacó una guitarra y se pusieron a cantar todos a coro. Tendrías que haberlos visto, sentados en círculo y cogiditos de la mano, felices de la vida.

–¿Son evangélicos o algo así?

–Qué va, es el típico campamento del colegio, solo que ellos son un poco más idiotas de lo normal. Y sí, por si te lo estás preguntando, el chico ese también es idiota. Me he liado con él por puro aburrimiento, pero no es para mí. –Ya casi había anochecido. Los miles de pequeños guijarros que formaban la arena hacían un ruido agradable bajo nuestros pies, como si camináramos sobre plástico de burbujas–. Estoy desperdiciando todo el verano –añadió Mónica–. Mis amigas están en Sevilla, y yo aquí muriéndome de asco. ¿Qué se supone que hago en La Chucha? Mi madre se cree que viniéndonos las dos solas a este sitio de mierda nos vamos a hacer amiguitas como por arte de magia. Pues va lista. ¡Va lista!

Lanzó una patada al aire, y al hacerlo se golpeó el dedo gordo del pie con una piedra. Soltó un grito y se agachó.

–¿Estás bien?

–Sí, no es nada.

Se había sentado sobre las arena y miraba al frente a la vez que negaba con la cabeza. Me senté a su lado.

–No quiero meterme donde no me llaman –dije–. Si te molesto, dímelo y no vuelvo a hablar del asunto.

–¿Qué asunto?

–Tu madre. Tú. ¿Cuál es el problema entre vosotras?

–El problema lo tiene ella conmigo, no yo con ella. Me atosiga. Me atosiga todo el rato. Está celosa o yo qué sé. Ella siempre ha sido la más guapa del mundo mundial, pero ahora se hace vieja y la gente me mira a mí más que a ella. A lo mejor es que soy muy creída.

–No eres una creída. Eres una chica muy guapa.

–¡Yo no tengo la culpa de ser joven!

–Claro que no.

–Me odia.

–Mónica, escucha. Sabes perfectamente que no te odia. No sé si será verdad que está un poco celosa…

–Es verdad.

–… pero, aunque lo sea, tu madre no te odiará nunca.

–Puede que no, pero para el caso es lo mismo, porque me está haciendo la vida imposible.

Dejé pasar unos segundos antes de volver a la carga.

–Entonces –dije–, ¿estás segura de que tú no tienes ningún problema con ella?

–Ya te lo he dicho. No soy yo la que la atosiga.

–Me ha contado que tu padre y ella se separaron hace poco.

Se encogió de hombros.

–Me da igual –dijo–. Que haga lo que le dé la gana.

–Querrás decir que *hagan*. Una separación es cosa de dos. Lo sabes, ¿verdad?

–Pues no. No lo sé. Si mi madre me hubiera explicado algo, a lo mejor lo sabría, pero no me ha explicado nada.

–Y… ¿tu padre? ¿Él te ha dado una explicación?

Negó con la cabeza.

–¿Por qué lo preguntas? –dijo–. ¿Sabes algo que yo no sepa?

–No. Pero, como te decía antes, una separación es cosa de dos, y no es justo esperar explicaciones de una parte y no de la otra. Mis padres también se separaron cuando yo tenía tu edad. A mí tampoco me dieron explicaciones. Ha pasado mucho tiempo y te mentiría si dijera que sé cómo me sentía entonces. Creo que no llegué a sacar conclusiones ni culpé a ninguno de los dos, pero por algún motivo empecé a llevarme fatal con uno de ellos.

–¿Con quién?

–Con mi madre.

–¿Por qué?

–No lo sé. Puede que sea porque, cuando mi padre se fue, yo me quedé a vivir con ella. Nadie me preguntó, nadie pidió mi opinión, sencillamente lo dieron por supuesto. Me quedé en casa de mi madre y fue a ella a quien seguí viendo a diario. Puede que ese sea el motivo.

Mónica me miró fijamente.

–Te lo estás inventando para que me reconcilie con mi madre.

–Te prometo que no.

Estudió mi rostro.

–¿Ahora os lleváis mejor? –preguntó.

–Sí.

–Pues me alegro, pero veo difícil que mi madre y yo nos llevemos bien algún día. –Se puso de pie–. Se está haciendo de noche, más vale que me vaya. Si no, dentro de nada sonará mi móvil y tendré que tragarme uno de los grandes éxitos de Carmen, el clásico *Mónica-dónde-te-has-metido-dónde-andabas-a-estas-horas-no-te-has-dado-cuenta-de-lo-tarde-que-es*. –Alargó una pierna hacia los pies de gato, que descansaban en la arena–. Yo que tú me olvidaría de la escalada –dijo–. Llámame loca, pero algo me dice que no es lo tuyo.

–Me has pillado en un mal momento. Ya verás de lo que soy capaz cuando me ponga en forma.

–Nacho, asúmelo, nunca te pondrás en forma. Ya tienes una edad. Hoy he tenido que rescatarte porque estabas atrapado a medio metro del suelo.

–La pared estaba húmeda, así no hay quien escale.

–Te lo digo de verdad, Nacho, deja los deportes de riesgo. A tu edad no se puede andar haciendo locuras. Prueba otras cosas. Dicen que la petanca es muy divertida.

–¿La petanca? Pues mira, no se me había ocurrido, pero no me parece mala idea. Creo que tengo cualidades para convertirme en un gran campeón.

–Yo también lo creo –dijo Mónica–. Por cierto, ¿sabes que Julia se ha ido?

–¿Adónde?

–No lo sé. Esta tarde la vi cargando las maletas en el coche y me acerqué a preguntarle, pero no quiso decírmelo. Solo dijo que este sitio era un asco.

–Pobre mujer –dije–. Justo ahora que se empezaba a ablandar. Esperemos que le vaya bien.

–Y a Mariano. Ojalá tenga una feliz vida perruna.

–Sí. En fin, nos vemos por aquí.

–Nos vemos.

16

Mónica se fue. Yo no me moví de la arena. Ya había oscurecido del todo, pero la luna aún no había salido. En La Chucha la contaminación lumínica era muy escasa y el cielo ofrecía un panorama sobrecogedor. Miles de estrellas se apretujaban formando grandes racimos de contornos evanescentes. Me tumbé de espaldas. Había que ser muy idiota, pensé, para no atreverse a aparcar de vez en cuando el sarcasmo y aceptar la solemnidad de un espectáculo como aquel. Contemplar el cielo nocturno tumbado en la playa, sintiendo en la espalda el contacto con la tierra y a los pies el aliento del mar, era una experiencia lo bastante intensa para conjurar la tiranía del cinismo, del chiste mordaz y la burla de todo que caracterizaba a nuestro tiempo. Yo, sin embargo, estaba demasiado adiestrado, demasiado jodido, y no logré extasiarme.

Regresé al apartamento. Había sido un día largo, intenso, lleno de emociones. Estaba agotado. En cuanto me tumbé en la cama caí en un sueño profundo.

Me desperté ocho horas más tarde. Eran las siete y media de la mañana y me sentía bien, un poco lacio, un poco borracho de sueño, con los brazos doloridos por mi aventura montañera del día anterior, cansado, pero descansado. ¿Conocéis esa sensación: estar cansado y descansado a la vez, estar tan cansado que descansas de maravilla, y, aunque sigues estando hecho polvo, te sientes de puta madre? Pues así me sentía yo cuando abrí los ojos.

Me preparé un café y me asomé a la terraza. Del amanecer solo quedaba el rescoldo, pero a veces el rescoldo es más hermoso que el fuego. El cielo ya no era naranja y todavía no era azul: era transparente, ni más ni menos, transparente. El sol, perezoso, aún no había hecho la cama: el mar era una sábana mal alisada, con pequeños pliegues de espuma aquí y allá. Y había una nubecilla larguirucha, despistada, que parecía estar preguntándose dónde se habían metido las otras. No sería tan terrible, pensé, quedarme una temporada aquí. Me aburriría como un muerto, pero cada mañana podría contemplar el amanecer desde mi terraza, y cada noche las estrellas. No sería tan terrible.

Me despertó de mi ensueño una figura que vi moverse a lo lejos. Era Carmen. Venía corriendo por la playa. Cuando estuvo cerca de la urbanización me hizo señas para que bajara. Bajé.

–Has salido a correr temprano –dije.

–Siempre lo hago.

–¿A qué hora te levantas?

–A las cinco y media.

–¿En serio?

–Sí.

–Seguro que eres de esas –dije– que, cuando se cruzan contigo en el portal a las once de la mañana y ven que llevas cara de dormido, te dicen con tonito de reproche «buenas tardes» en vez de «buenos días».

–¿A las once? No, a las once digo buenos días.

–¿Y a las doce?

–Buenas tardes.

–Dime que estás de coña.

–A las doce –dijo Carmen– el sol está arriba del todo. Se mire como se mire, no puede decirse que sea por la mañana.

–Siempre me he preguntado –dije– qué habría que hacer con la gente como tú. ¿Tirarla al río o ponerle un templo? Por un lado sois héroes, fornidos héroes madrugadores, pero por otro parecéis disfrutar haciéndonos sentir mal a las personas normales. ¿Cuánto has corrido hoy?

–Catorce kilómetros.

–¿Solo catorce?

–Me espera un día largo y no quiero forzar.

–Claro que no –dije–. No fuerces. Es mejor ser prudente y correr catorce kilómetros de nada. ¿Por qué te espera un día largo?

–Nos vamos.

–¿Qué?

–Nos vamos hoy.

–¿Y eso?

–Mónica quiere irse, y no puedo reprochárselo. Lo único que hemos hecho desde que llegamos es tirarnos de los pelos.

Me costó asimilar la noticia.

–No sé qué decir –contesté–. Me gustaría haber sido de más ayuda.

–No te sientas mal, tú no podías hacer nada. Además, no es el fin del mundo. Mónica es una adolescente, y las adolescentes se pelean con sus madres. Es ley de vida. Pensaba que unas vacaciones juntas nos unirían y resulta que no. Lástima. Ya pensaré otro plan.

–Me alegra que lo veas así –dije.

Carmen asintió.

–Bueno, me voy. Quiero limpiar el apartamento antes de irme, y todavía tenemos que hacer las maletas.

–Avísame cuando vayáis a cargarlas en el coche y bajo a ayudaros.

–No hace falta.

–Entre los tres lo hacemos en un segundo.

–No te preocupes, de verdad. Solo traemos ropa de verano, en total son tres maletas. No tiene sentido que bajes a ayudarnos.

–Como quieras.

–Tienes mi número, ¿verdad? –me preguntó Carmen.

–Sí.

–Pues ya sabes dónde estoy. Cuando te apetezca pasarte por Sevilla, llámame. Te abriremos nuestra puerta encantadas.

–Lo mismo digo, aunque no tengo ni idea de dónde estará mi puerta en los próximos meses.

Carmen alargó el brazo hacia mi cabeza y me dio tres golpecitos con la punta del dedo índice.

–A esta cabecita –dijo– le hace falta un poco de orden. –No retiró la mano enseguida, sino que extendió los cuatro dedos restantes, me acarició la nuca y continuó deslizando el brazo espalda abajo. Al llegar a las nalgas las agarró con fuerza–. Y a este cuerpecito le hace falta un poco de acción.

Sonreí.

–Que sepas que me quedo con las ganas –dije.

–Yo también.

–Más adelante, cuando se calmen las cosas, podríamos rematar la faena.

–Hecho –dijo Carmen–. El día menos pensado recibes noticias mías. Estamos en contacto, señor escritor.

–Estamos en contacto, entrenadora.

Nos separamos. Subí a mi apartamento. ¿Carmen y Mónica también se iban? Era la peor noticia que podía recibir. El verano sin ellas se me haría eterno. Se aproximaba el momento de plantearme muy en serio si tenía o no sentido quedarme en La Chucha. Se aproximaba, sí, pero antes bajaría a la playa y me daría un baño. No había decisión, por trascendental que fuera, que no se tomara mejor después de nadar en la playa.

Tardé un buen rato en avanzar por la orilla con los pies desnudos. Desde el primer día no había vuelto a entrar en el agua sin chanclas, y en ese momento necesitaba aquella pequeña victoria. Reírse de uno mismo era una vacuna excelente contra cierto tipo de estupidez, pero, como todo, se volvía en nuestra contra si nos pasábamos con la dosis. De vez en cuando había que marcarse pequeños retos, superarlos y felicitarse por ello.

Es cierto que entrar en el agua sin chanclas no era precisamente un logro del que enorgullecerme, pero era solo el principio. El siguiente, lo vi con claridad mientras nadaba, sería más ambicioso: aprendería a escalar. Estaba decidido. Le pediría ayuda a Jacinto, quien, de eso estaba seguro, disfrutaría instruyéndome tanto como yo dejándome instruir. Cada mañana saldría a trepar algún barranco cercano, saltaría como las cabras de piedra en piedra, y, por las tardes, me tumbaría en la playa y leería a Platón. Después de todo, no había ningún motivo para que aquel no fuera un verano memorable. Carmen y Mónica habían sido un regalo precioso, pero inmerecido. La vida no me las debía y yo no me las había ganado, de modo que en vez de gastar energías lamentando su pérdida, debía dar las gracias por haberlas conocido y seguir adelante. Todavía tenía a Jacinto, que era también un regalo con el que no me habría atrevido a soñar una semana atrás, y un coche, y un apartamento en una playa preciosa, y un buen montón de dinero en el banco. No podía pedir más.

Salí del agua más joven de lo que había entrado. Me sentía pletórico. Unas gaviotas pasaron gritando por el cielo y estuve a punto de gritar con ellas. Debía de llevar un cuarto de hora así, de pie en la orilla, sintiendo en la cara la caricia de la brisa y de mi propio optimismo, cuando noté que alguien se me acercaba por la espalda. Me volví. Era Mónica.

–Pensaba que los únicos que se bañaban tan temprano eran los viejos –dijo.

–Y yo pensaba que tú pensabas que yo era viejo.

–Nunca he dicho que lo seas. Lo único que he dicho es que no eres joven. No es lo mismo. –Soltó la toalla en la arena y se quitó las chanclas–. Nos vamos –dijo.

–Lo sé.

–Vengo a darme un último baño. Echaré de menos la playa. Este sitio es un asco, pero tiene sus cosas. También me da pena por ti.

–¿Por mí?

–Sí. ¿Quién va a ayudarte a colocar la sombrilla cuando yo no esté?

–Es verdad, no había pensado en eso.

–Seguramente morirás de una insolación. O peor, se te volará la sombrilla un día de viento, y el palo rodará por la arena y se le clavará a alguien en el pecho y lo matará, y acabarás en la cárcel. Y todo por mi culpa.

–Lo haré constar en el juicio. Aquella chica, Mónica, me dejó solo aun sabiendo que yo no sabía colocar la sombrilla. La culpa es de ella. Búsquenla.

–Y vendrán a por mí –continuó Mónica– y nos reuniremos en la cárcel, y allí nos dedicaremos a cotillear sobre los otros presos. Será divertido.

–Mucho.

–Por cierto, ¿sabes que mi madre ha leído tu libro?

Se me erizaron los vellos de los brazos. Aún tenía la piel húmeda y de pronto me di cuenta de que hacía frío.

–¿De verdad? –pregunté.

–Sí. Lo encargó el otro día y se lo trajeron por correo.

–No me ha dicho nada.

–Es que creo que no le ha gustado mucho.

–Ya.

–Yo empecé a leérmelo, pero no lo acabé. Lo siento, Nacho, pero no es para mí.

–Me temo que no es para nadie.

–El problema es que no hay acción. Yo no entiendo de libros, pero creo que en las novelas tienen que pasar cosas, ¿no? En la siguiente, procura que haya más acción, y seguro que es un éxito. Y si metes un poquito de amor, pues mucho mejor.

–Me lo apunto. Meter un poquito de amor en la próxima novela.

–Deberías escribir sobre mí –dijo Mónica–. Doy para un buen libro.

–¿Sabes cuántas personas me han dicho lo mismo?

–Supongo que muchas, pero en mi caso es verdad. Deberías escribirlo, en serio. No tengo por qué ser la protagonista, aunque sí uno de los personajes principales. Si me conviertes en personaje secundario, te mato.

–Voy a anotarlo para que no se me olvide. «No convertir a Mónica en personaje secundario».

–Eso. No lo olvides. Personaje principal. La historia podría empezar un día de verano. Una chica con el pelo negro y rizado está tomando el sol en la playa y… No, espera, ya lo tengo. El libro empieza cuando un escritor treintañero llega a una playa perdida en el culo del mundo. Una chica sale a recibirlo mientras aparca el coche, y se hacen amigos. Después entran en escena la madre de la chica, y una vieja gruñona que tiene un perrazo enorme, y el encargado de la urbanización y algún que otro personaje secundario. Y todo se enreda y muere un gatito y pasan cosas. Tendrías que meter un poco de amor en algún sitio para que la historia tenga gracia, pero no está mal para empezar, ¿verdad?

–No. No está mal.

–Pues ya tienes algo que hacer este verano. Si en algún momento te atascas, llámame. Tengo mucha imaginación. Eso sí, como recompensa quiero una entrada VIP para el día del estreno. Me pondré un vestido monísimo y caminaremos juntos por la alfombra roja. Y luego nos haremos fotos en el *photocall.*

–Se nota que no has ido a muchos *estrenos* de libros.

–¿No hay alfombra roja?

–Ni azul ni verde.

–Pero al menos habrá *photocall.*

–No creo que haya, pero si tú quieres, lo ponemos.

–Estupendo. Y tienes que traer famosos. Famosos de verdad, no escritores.

–¿Te vale Brad Pitt? –pregunté.

–Demasiado viejo.

–¿Beyoncé?

–Yo estaba pensando en Kylie Jenner –dijo Mónica.

–¿Quién es esa?

–Tiene doscientos millones de seguidores en Instagram.

–¿Y qué hace?

–Es guapa.

–Con eso bastará –dije–. ¿Alguien más?

Mónica se lo pensó.

–Dentro de unos días te paso la lista de invitados –dijo–. Estas cosas hay que planearlas sin prisa.

–Vale.

Hubo un silencio. Los dos removimos las piedrecitas de la orilla con los dedos de los pies.

–¿Sabes qué? –preguntó Mónica.

–Qué.

–No debería decirte esto porque sé que se te va a subir a la cabeza, pero te echaré de menos. Echaré de menos nuestras conversaciones. No todos los días conoce una a alguien con más de tres neuronas en el cerebro.

–¿Más de tres neuronas? Te estás quedando corta y lo sabes. Más de tres mil millones de neuronas tengo yo en la mollera, y todas están perfectamente engrasadas.

–¿Ves? Sabía que se te iba a subir a la cabeza. Lo retiro. Tampoco eres para tanto.

–Tú sí –dije.

Se puso colorada.

–Eso no vale. Es trampa.

–¿El qué?

–Eso –respondió Mónica–. No puedes hablarme así. Tienes que meterte conmigo, decirme que yo tampoco soy para tanto.

–Pero es que lo eres.

–¿Otra vez? Te repito que eso no vale. Así no hay quien se defienda.

El rubor se había extendido por toda su cara.

–Anda, tonta –dije–, dame un abrazo.

Ella me miró con el ceño fruncido durante unos segundos, pero luego me abrazó muy fuerte.

–Acuérdate de mí –dije mientras nos separábamos– cuando estés en Sevilla asándote de calor. Consuélate pensando que yo estaré aquí, en la playa, disfrutando de la brisa del mar.

–Acuérdate tú de mí –contestó ella– cuando te hartes de pasar las horas sentado debajo de la sombrilla como un bobo. Consuélate pensando que yo estaré en Sevilla y que tengo amigas y amigos y que somos jóvenes y nos divertimos.

–Eres cruel.

–Te lo mereces. Y ya sabes, si te animas a escribir el libro, no te olvides de convertirme en personaje principal.

17

De vuelta en mi apartamento, me tumbé bocarriba en el sofá y entrelacé las manos bajo la cabeza. Por muy tristes que sean, no hay muchas cosas más hermosas que las despedidas, ni hay muchas drogas que aturdan tanto. Pasé varias horas de ese modo, dejando que la tristeza jugara conmigo. Cuando el efecto empezó a pasarse ya era la hora del almuerzo. Salí de casa y llamé a la puerta de Jacinto.

–Te invito a comer –dije.

–Me pillas cocinando –contestó–. Acabo de echar arroz en la olla. Pasa, echo un poco más y comemos los dos.

Caminé tras él hacia la cocina.

–¿Ya has terminado la jornada? –le pregunté.

–En principio, sí. Pero raro será que no surja algún imprevisto. –Echó un puñado de arroz en la olla–. Te veo cabizbajo –dijo–. ¿Qué te ronda la cabeza?

–¿A mí? Nada.

–He oído que tus amigas se van hoy.

–Sí.

–Vas a quedarte bastante solo.

–Estoy acostumbrado.

Jacinto sirvió dos copas de vino y me ofreció una.

–¿Lo estás o lo estabas? –dijo–. En los últimos días has tenido bastante compañía, y es más fácil desacostumbrarse a estar solo que volver a acostumbrarse.

–Puede –dije–, pero es lo que hay. No voy a ganar nada sentándome a gimotear. Además, solo he coincidido con ellas unos días. No es que sean mis amigas de toda la vida.

–¿Y dónde están tus amigos de toda la vida?

Me puse en guardia. Por más que hubiera acudido a Jacinto con la intención de desahogarme, y por más que él no se propusiera otra cosa que ponérmelo fácil, no podía evitar atrincherarme al sentirme expuesto.

–¿Y los tuyos? –dije.

–¿Mis amigos?

–Sí.

–Te pica la curiosidad –dijo Jacinto–. Quieres saber cómo he acabado aquí.

–Me muero de ganas.

–Te has hecho una idea romántica de mí. El sabio eremita en su retiro dorado. Wittgenstein en la famosa cabaña noruega, Petrarca en Vaucluse. Supongo que haciendo un esfuerzo podría narrar mi vida desde esa perspectiva, pero tendría que hacer un esfuerzo muy grande.

–Pues hazlo. O no lo hagas. No me importa oír la versión heroica o la otra, solo quiero saber más de ti.

–No hay versión heroica. La historia es muy sencilla. Después de quince años de matrimonio, mi mujer enfermó y murió. Cáncer. Fue rapidísimo, no habían pasado ni dos meses desde que se lo diagnosticaron y ya estaba muerta. Yo no me explicaba cómo podía ocurrir algo así. Me negué a aceptarlo. Alguien debía de haber hecho algo mal. Denuncié al hospital, me empeñé en encontrar a los culpables, y poco a poco fui cayendo en una espiral de rabia y de autocompasión. Empecé a beber a todas horas, dejé de ir a la universidad (era profesor de Filología Hispánica) y me esforcé en que todos los que me rodeaban terminaran odiándome. Me convertí en una caricatura, uno de esos personajes enamorados de su sufrimiento que encontramos en tantas novelas. Mi mujer y yo teníamos dos hijos, de trece y quince años. ¿Los abandoné? No exactamente, pero en la práctica sí. A mí me importaba una mierda morirme o seguir vivo, y al parecer tampoco me importaba demasiado lo que fuera de ellos. Tuvieron que irse a vivir con mi cuñada porque yo no los atendía. Y pasaron los meses y en vez de reponerme me fui hundiendo más y más. Un día, no sé cómo, llegué aquí, y supongo que vi en La Chucha algo parecido a lo que tú has visto. El desierto, los invernaderos, la playa de piedras negras y los acantilados tras los cuales el sol se pone una hora antes que en cualquier otro sitio, como si también ellos quisieran contribuir a la tristeza del lugar. Pasé aquí varios meses, y la comunidad de propietarios, viendo que parecía dispuesto a quedarme una temporada, me ofreció encargarme de cuidar la urbanización. Acepté. Aquí me quedé, y cuando volví en mis cabales llevaba dos años sin ver a mis hijos. Traté de recuperarlos, pero ya era tarde. Se negaron a verme y siguen haciéndolo. No los culpo. Les fallé cuando más me necesitaban. De eso hace veintiún años, ahora tengo sesenta y siete. Y ya está. Ya la conoces. Esa es mi historia.

La historia era terrible, pero Jacinto la había narrado como quien hace el resumen de un libro. El dolor debía de haberlo endurecido, pensé, o quizás era justo al contrario, no había logrado endurecerse lo suficiente y se esforzaba en abordar el tema con frialdad para no reabrir la herida.

–¿No has visto a tus hijos en todos estos años? –le pregunté.

–No.

–Ha pasado mucho tiempo. Seguro que te han perdonado.

–Recibo noticias suyas por medio de otros familiares y sé que no quieren ni oír hablar de mí.

–¿A qué se dedican?

–Uno es taxista y el otro trabaja en una empresa de mensajería. De niños los dos decían que serían escritores o escaladores. Solía llevármelos a la montaña, íbamos siempre que teníamos vacaciones, y a ellos les encantaba. También les gustaba leer. Jack London era su ídolo. Pero, por lo que sé, todo eso desapareció de sus vidas cuando yo me fui. En fin, no hay que darle más vueltas. He tenido tiempo de sobra para asumirlo. –Tomó aire, y al hacerlo olió lo que yo llevaba un rato oliendo–. ¡El arroz! –dijo. Saltó hacia la olla, pero era tarde–. ¿Por qué no me has avisado de que se estaba quemando?

–No quería interrumpirte.

–Ya no te invito más a comer. El otro día el pollo estaba

crudo, y ahora se me quema el arroz. Habrá que recurrir otra vez al chóped. –Sacó embutidos de la nevera y los sirvió en un plato–. Creo que he respondido a tu pregunta –dijo–. ¿Dónde están mis amigos? No tengo. Los eché de mi lado como un imbécil. Ahora te toca a ti. ¿Dónde están los tuyos?

–Tampoco tengo muchos, y a los pocos que me quedan apenas los veo.

–¿Por qué?

–No lo sé.

–¿Están lejos?

–No, en Málaga.

–Pues ese es tu sitio.

Nos habíamos sentado a la mesa. En el centro, un plato con lonchas de chóped, de queso y de salchichón.

–El problema es que en Málaga conozco a demasiada gente –dije–. Demasiados compromisos, demasiadas visitas inoportunas. Había pensado quedarme en La Chucha una temporada. Me gustaría aprender a escalar. Si aceptaras darme clases, encontrarías en mí a un alumno aplicado. Podría pagarte.

–Que yo acepte tu dinero –dijo Jacinto– no está ni siquiera cerca de ser una posibilidad, pero esa no es la cuestión. ¿Quedarte en La Chucha una temporada? ¿De qué estás hablando? Has llegado en pleno verano, cuando esto está más o menos animado, pero en un par de meses se irán todos, y cuando digo todos me refiero a *todos*. ¿Tienes idea de lo que es pasar el invierno en un lugar como este? Yo cometí una enorme estupidez viniéndome aquí, y cuando me quise dar cuenta estaba atrapado. No seas tonto. Vete adonde estén tus amigos. Sal con ellos de cañas, emborráchate los sábados por la noche, haz lo que quiera que hagan los jóvenes de tu edad. Y échate novia, por el amor de Dios. Casaos si os da la gana, y si no, no os caséis, pero haceos compañía y follad hasta reventar. Y una o dos veces al año venid a visitarme.

–Tal como lo pintas parece fácil.

–*Es* fácil. Solo tienes que hacerlo. Lo más complicado es encontrar una novia con la que congenies, pero tampoco hay que ponerse tiquismiquis. Déjate llevar cuando una chica te atraiga, y si la cosa no funciona, prueba con otra. Y mientras tanto, no dejes escapar ninguna ocasión de echar un buen polvo. ¿Tienes en Málaga alguna amiga con la que divertirte una o dos veces por semana?

–Hasta hace poco quedaban unas cuantas libres, pero empiezan a escasear. Hace tiempo que casi todas viven con sus parejas, muchas se han casado y han tenido hijos.

–Seguro que encuentras alguna que esté libre y a la que le haga ilusión verte después de tanto tiempo.

–Tendría que currármelo.

–Pues cúrratelo, joder, cúrratelo. –Se llevó una rodaja de chóped a la boca y la escupió–. Mierda, el chóped está malo. ¿Lo ves? Aquí todo se pone malo.

–¿Por qué no te vienes conmigo a Málaga? –le pregunté.

–¿Irme contigo? ¿Qué iban a hacer juntos un joven como tú y un viejo como yo?

–No tenemos por qué vivir juntos, pero tampoco tienes por qué quedarte aquí. Vámonos a Málaga. Allí hay cosas que hacer. Podríamos quedar de vez en cuando, tomarnos una copa de Caserío don Pío y poner a parir a los lectores de *best sellers* desde las alturas de nuestra superioridad moral.

–¿Eso quiere decir que te he convencido? ¿Vuelves a Málaga?

–No lo sé. Tengo que pensarlo.

–Pues no lo pienses mucho. Hazme caso, vete adonde estén tus amigos. Nadie te dará nunca un consejo mejor.

Era evidente que Jacinto tenía razón. El agujero en el que estaba metido tenía una única salida, y era esa. Llevaba más de diez años huyendo de todo el mundo, soltando lastre, tratando de convencerme de que podía prescindir de los demás. Qué tonto. ¿Prescindir de los demás? ¿Soltar lastre? Así era como pensaban los quinceañeros orgullosos. A mi edad, uno ya debería haber comprendido que el lastre no era un freno, sino un contrapeso. Mantenía la nave en equilibrio. Sin él, era cuestión de tiempo que volcara y se hundiera.

Pensaría en ello. Debía hacerlo. Pero no en ese momento.

–En resumen –dije para llevar de nuevo la conversación al terreno del sarcasmo ligero–, que estás deseando que te deje en paz.

–¿Eso es lo que has sacado de todo lo que he dicho?

–Llevas un rato intentando convencerme de que me vaya.

–Es verdad. Me habrá fallado el inconsciente. Puedes llegar a ser muy cansino. Desde que has llegado no has hecho más que lloriquear y pedirme que te consuele y te dé consejitos, y yo me esfuerzo en hacerlo lo mejor que puedo, pero mi paciencia tiene un límite.

–Qué curioso –dije–, yo juraría que el motivo es otro. Hasta que no te he pedido que me enseñes a escalar no has empezado a decir que debería volver a Málaga. ¿No será que estás viejo? Tus pobres piernas ya no dan para mucho y no quieres que un novato te deje en ridículo.

–¿Me estás retando? –dijo Jacinto.

–¿A ti qué te parece?

–Me parece que deberías elegir mejor a tus rivales.

–¿Ahora eres tú el que me reta? –le pregunté.

–Muchacho, que yo te rete a ti tiene tan poco sentido como que un león rete a una babosa.

–No deberías confiarte, he estado entrenando.

–¿De verdad?

–Sí. Ahora mis brazos son dos columnas de acero.

–Entonces te resultará fácil superar esta pequeña prueba. –Señaló una pared de la sala. Desde el suelo hasta el techo y de un extremo a otro estaba cubierta de presas y no parecía presentar dificultades, salvo por un pequeño obstáculo: una estantería situada a mitad de camino entre ambos extremos. No era muy grande, debía de tener dos metros de alto por uno y medio de ancho, pero entre el borde superior y el techo apenas quedaba un metro de pared escalable–. Puedes hacerla de izquierda a derecha o de derecha a izquierda –dijo Jacinto–. Lo que te resulte más fácil. ¿Te ves capaz?

–Por supuesto que me veo capaz. De hecho, no solo me veo capaz de hacerlo, sino de hacerlo más rápido que tú. Pon el cronómetro.

–No creo que haga falta. Esa estantería es demasiado para ti.

–Ponlo. Te vas a llevar una sorpresa.

–Muy bien, como quieras.

Hice unos rápidos estiramientos. Moví en círculos el cuello, la cadera y los hombros.

–Estoy listo –dije.

–Tres, dos, uno, ¡ya!

Empecé fuerte. El primer tramo era fácil. A continuación venía uno más duro; había muchas presas, pero eran pequeñas y carecían de oquedades en las que introducir los dedos. Planifiqué con paciencia cada movimiento y logré alcanzar la fase crítica. La estantería. Había planeado rebasarla por arriba, reptar en horizontal por el breve tramo de pared que mediaba entre el borde superior y el techo, pero una vez que estuve metido en faena comprendí que aquella proeza estaba muy por encima de mis posibilidades. Probé a pegarme todo lo posible a uno de los costados de la estantería y estirar el brazo hacia el otro, pero apenas conseguí arañar una presa con la punta del dedo corazón. Estaba en un aprieto y empezaba a sentir los ya familiares calambres en los antebrazos.

–Parece que tenemos a un hombre en apuros –dijo Jacinto–. ¿Solicitamos el servicio de rescate?

–¡No! Espera un segundo... Solo tengo que... Ya casi estoy...

Alargué el brazo hacia el techo y agarré una de las presas. Tanteé con un pie los anaqueles de la estantería en busca de un punto de apoyo.

–¡Eh! –dijo Jacinto–. Eso no vale. ¡Vas a romper la estantería!

Tras hurgar con el pie entre los libros llegué a la conclusión de que era un mueble robusto, de modo que descansé las dos piernas sobre una de las baldas.

–Tranquilo –dije–. Lo tengo controlado.

–¡Bájate de ahí! Esa estantería lleva conmigo veinte años.

No le hice caso. En ese instante gozaba de una posición privilegiada y no pensaba desperdiciarla. Reparé en que la estantería estaba atornillada a la pared y eso me animó a apoyar también el pecho en el borde superior. El mueble crujía y chirriaba mientras yo avanzaba centímetro a centímetro. Durante el proceso volqué varios libros y uno de ellos cayó al suelo, pero logré mi objetivo sin causar grandes daños. Dejé atrás la estantería y completé sin dificultades el resto del recorrido.

–¿Quién es fuerte? –dije mientras me remangaba la camiseta y hacía posturitas para marcar músculos–. ¡Yo soy fuerte!

–Por tu bien, espero que no hayas roto la estantería.

–Relájate, hombre. La estantería también es fuerte. Ahora te toca a ti. Veamos si el vejestorio todavía conserva parte de su antiguo poder.

–¿Seguro que quieres que lo haga? –dijo Jacinto–. Te advierto que te haría quedar muy mal.

–¿Percibo un leve eco de miedo en tu voz? –contesté.

En lugar de responder, Jacinto trepó a la pared. Estiró un brazo hacia el techo, rotó sobre sí mismo y franqueó la estantería como si nada. No tardó ni veinte segundos.

–¿Contento? –preguntó.

–Te sabes los movimientos de memoria. Así lo hace cualquiera.

–¿Eso crees? Prueba a hacerlo tú. Ya conoces los movimientos.

–Otro día. Hoy estoy cansado.

Jacinto soltó una risita y recogió el libro que yo había tirado al suelo mientras escalaba. Lo colocó en la estantería, pero luego volvió a sacarlo.

–¿Lo has leído? –dijo mientras me lo mostraba.

Las señoritas de Wilko, de Jarosław Iwaszkiewicz.

–No. Ni siquiera me suena.

–Te lo regalo. Estoy seguro de que te va a gustar.

Era una novelita muy breve, de apenas noventa páginas.

–No hace falta que me lo regales –dije–. Es muy corto. Me lo leo y mañana te lo devuelvo.

–Quiero regalártelo. Es un libro especial. ¿Crees en las señales?

–No estoy seguro.

–Yo tampoco, pero es raro que de entre todos los libros de la estantería se haya caído al suelo *Las señoritas de Wilko*. Este libro habla de ti.

Sonaba prometedor. Acepté el regalo y observé la portada. Aunque estaba editado en la conocidísima colección Clásicos Universales de Cátedra, jamás había oído hablar de él. Experimenté el placer inconfundible que siente todo lector al descubrir a un autor secreto y sentí la necesidad de empezar a leer enseguida. Diez minutos más tarde me despedí. Regresé a mi apartamento, me metí en la cama y encendí el flexo. Y no tardé en comprender el entusiasmo de Jacinto. El libro era una maravilla, y tal como él había dicho, hablaba de mí. El protagonista, Wiktor Ruben, atravesaba una etapa muy parecida a la que yo atravesaba. Tras quince años de ausencia regresaba al hogar y allí se reencontraba con las amigas que habían compartido con él su juventud. Todas tenían ya una vida a sus espaldas. Eran mujeres, no muchachas, y también él, se mirara como se mirase, era un hombre adulto. Sin embargo, a sus treinta y cinco años seguía soltero; no solo no había fundado una familia, sino que ni siquiera se había comprometido nunca seriamente con nadie. No había en su vida nada que lo atara a la vida. Aún estaba, como lo estaban también ellas quince años atrás, en el punto de partida, en el punto en que todo era posible, aunque hacía mucho tiempo que había dejado de ser todo posible. No era un hombre viejo, pero era demasiado viejo para hallarse donde se hallaba, y no podía evitar preguntarse qué habría sido de su vida si hubiera aprovechado alguna de las oportunidades que se le ofrecieron quince años atrás, cuando él tenía veinte años… y ellas también.

Era una novela perfecta, nostálgica, breve, reposada y embriagadora, como una sopa caliente a la que hubieran añadido unas gotas de licor. La terminé y la dejé caer sobre mi pecho. Me embargaba una sensación de lasitud, un agradable cansancio similar al que sentimos tras un largo día de playa. Cerré los ojos. Un largo día de playa. Paladeé la frase, la dejé impregnarse del suave efecto narcótico del libro. Paladeé la playa, una playa larga como un largo día de playa. Una orilla larga. Una nube larguirucha que parecía estar preguntándose dónde se habían metido las otras. Una nube despistada. Una nube de polvo. Mi coche. Había levantado. Una nube.

Mi coche había levantado una nube de polvo.

Abrí los ojos. Me había quedado dormido con el libro abierto sobre el pecho y al escuchar la frase dentro de mi cabeza la reconocí enseguida. Era un regalo, un regalo que me hacía el sueño y que yo aceptaba agradecido: la frase inicial de mi próxima novela. «Mi coche había levantado una nube de polvo». Quizás no fuera una frase hermosa, pero era la elegida. Alguien o algo la había elegido por mí, y mi deber era retenerla. Si no la dejaba escapar, si la escribía en un papel, el resto de la novela saldría sola. Sin embargo, aún estaba bajo el embrujo del sueño y quería seguir estándolo, y salir de la cama significaba renunciar a él. «Nube de polvo», me dije tratando de memorizarla. «Había levantado...» ¿Ya la estaba olvidando? Retenla, me dije mientras volvía a cerrar los ojos. Duérmete, pero no la olvides por nada del mundo.

Mi coche... Había levantado...

Mi coche había levantado una nube de polvo.

18

Por la mañana me desperté con la frase en la cabeza. Salté de la cama y la anoté antes de que se desvaneciera. A continuación escribí: «La chica esperó a que el viento se la llevara y luego se acercó». Y ya no pude detenerme. Me dio miedo pensar en lo que se avecinaba: mañanas de entusiasmo total y tardes de total agotamiento. Acostarme cada noche y levantarme cada día con un terrible dolor de cabeza, un dolor que misteriosamente cesaba al retomar cada mañana la escritura, para regresar triplicado en cuanto daba por concluida la jornada. Me dio miedo pensar en ello, sí, pero no había nada que pudiera hacer para evitarlo. Ya había pasado otras veces por lo mismo y sabía cómo funcionaba. Hasta que la tormenta pasara sería un juguete en manos de la asesina de cerebros, la tragadora de azúcar, la inspiración.

¿Por qué nos da tanto miedo usar esa palabra? En nuestros días, los escritores, temiendo ser tachados de oscurantistas o de ególatras, se esfuerzan en explicar que en el acto de inspiración no hay nada misterioso, nada singular ni mágico, sino simple trabajo, carpintería de palabras y nada más. Y sí, por supuesto que se trata de trabajar duro, pero también hay algo más y todos los escritores lo saben, aunque muchos prefieran callarlo para no ser tachados de vete tú a saber qué. Entusiasmo proviene del griego *enthousiasmós*, que significa algo así como «posesión divina», y el entusiasmo creativo, la inspiración, es la posesión divina total. Si tienes dolores, estos desaparecen en cuanto llega la inspiración. No importa que estés enfermo o que te halles al filo de la indigencia: todo problema, por grave que sea, se esfuma durante los diez minutos o las diez horas que dura el rapto. Después, una vez que el terremoto queda atrás, tal vez leas lo que has escrito y descubras que es una memez, pero esa es otra cuestión. Dioses sin talento los hay a montones, y si tienes la mala suerte de ser poseído por uno de ellos, lo que escribas durante la posesión será una bazofia. Pero eso no atenúa la intensidad del arrebato ni lo hace menos mágico.

Yo no sé si el que a mí me poseyó en La Chucha tenía o no talento, pero sé que allí fui un dios durante unos días. Luego, una vez que hube terminado el primer borrador, volví a ser un pobre diablo y sentí un gran cansancio.

Había quedado atrás lo más duro, pero también lo más hermoso. En adelante me aguardaba la tarea de corrección, que a mí solía hacérseme eterna. Nada me habría gustado más que parecerme a Saroyan, Simenon o Asimov, a cualquiera de esos escritores seguros de sí mismos que, en lugar de perder el tiempo corrigiendo, soltaban todo lo que tenían que soltar y pasaban enseguida a otra cosa, pero por desgracia yo no era así. No daría el libro por bueno hasta tenerlo bien sobado, cambiaría decenas de veces cada frase, me pelearía con cada coma como si de ello dependiera la paz mundial, todo para obtener una versión definitiva que quizá fuera idéntica al primer borrador. No estaba en mis manos evitar que eso ocurriera, pero nada me obligaba a empezar de inmediato. No había prisa. Estábamos a mediados de julio y me merecía disfrutar del verano. Pero ¿en qué consistía disfrutar del verano? No tenía ni la menor idea, aunque había algo que sí sabía, y era que solo podía descubrirlo en un lugar. «Vete adonde estén tus amigos», me había dicho Jacinto. «Ese es tu sitio».

Donde estén mis amigos.

19

Unos días antes de partir recibí un mensaje en el móvil.

MÓNICA: ¿Cómo llevas el libro? ¿Soy la protagonista?

YO: El protagonista soy yo, pero tú eres un personaje principal. Eres la chica guapa, inteligente y adorable que trae loco a todo el mundo.

MÓNICA: Eso no vale, ya te dije la otra vez que, si me echas piropos, no sé qué decir. Tienes que meterte conmigo.

YO: Vale, entonces tú serás la niñita sabionda y resabiada que en realidad eres. La chica guapa, inteligente y adorable será tu madre.

MÓNICA: ¿Qué? ¡No! ¡Retiro lo que he dicho! Sabes que la guapa y adorable soy yo.

YO: Las dos lo sois.

MÓNICA: Pero yo más.

YO: ¿Eso crees?

MÓNICA: Sí.

YO: ¿Y si yo pienso otra cosa?

MÓNICA: No puedes pensar otra cosa.

YO: ¿Y si escribo otra cosa?

MÓNICA: ¿Vas a escribir otra cosa?

YO: Tendrás que leer el libro para averiguarlo.

Ella me juró odio eterno si su personaje no salía bien parado, y ahí terminó la conversación.

Durante los días siguientes traté de convencer a Jacinto de que se viniera conmigo a Málaga. No lo conseguí, aunque prometió visitarme y yo prometí visitarlo.

–Ven a verme siempre que te apetezca –dijo–, pero ni se te ocurra venir solo. Échate novia y tráetela. Soy un pobre viejo, ya mismo estaré bajo tierra y no quiero irme sabiendo que andas solo por el mundo.

–Haré lo que pueda, pero desde ya te digo que lo veo complicado.

–Pues por lo menos folla, joder, folla todo lo que puedas. Te juro que cuando me muera te vigilaré desde el más allá, y si veo que no echas un polvo a la semana, me meto en tu casa y me pongo a hacer ruiditos por la noche para acojonarte.

–Entonces me temo que voy a pasar muchas noches en vela.

Estábamos manteniendo aquella conversación en el descampado, junto a mi coche. Él me había ayudado a bajar las maletas y acabábamos de cargarlas en el maletero. Le eché un vistazo al Peugeot, que seguía donde siempre, con el capó destrozado.

–Si aparece el dueño –dije–, dale mi número y dile que yo pago la reparación. Soy un hombre de honor.

–De eso nada. La culpa es suya por no dar señales de vida.

Me encogí de hombros. Miré el cielo. El sol empezaba a ponerse tras los acantilados.

–Me voy, no quiero que se me haga de noche. Ya sabes que tienes casa en Málaga.

–Tú aquí también.

Nos quedamos de pie, mirándonos.

–¿Nos abrazamos? –pregunté.

–Claro que sí.

Nos dimos un fuerte abrazo. Observé por última vez el bloque de apartamentos, los cañaverales, la playa. La Chucha.

–Gracias –dije.

–¿Por qué?

–Por todo.

Puse una mano en su hombro. Después subí al coche y me marché.

«La prisión es un suplicio cotidiano
que nadie tiene derecho a infligir a un ser vivo
en nombre tan solo de una opinión
o de una concepción del mundo.»*
ALBERT CAMUS

«*I cannot live without books.*»
«No puedo vivir sin libros.»
THOMAS JEFFERSON

* Frase extraída de *Breviario de la dignidad humana* (Plataforma Editorial, 2013).